Karel Klostermann 1848–1923

Karel Klostermann

Böhmerwald-
skizzen

Rütten & Loening · Berlin

Mit einem Nachwort von Jaroslava Janáčková,
übersetzt von Antje Pose

Erstes Kapitel

Allgemeines – Eisenstein – Hartmanitz – Stubenbach
und die Renommisten – Eine Wildererschichte

Wenn ich dich zuerst nach Eisenstein führe, lieber Leser, so folge ich einer eingewurzelten Gepflogenheit: ich muß dich an dem einzigen Punkte absetzen, wo die Bahn das Herz unseres Waldgebirges berührt. Und, bei Gott, er ist schön, dieser Punkt! Sowie der eilende Zug das Angeltal verläßt, bist du mitten drinnen zwischen den hohen, düsteren Berghäuptern; grünende Matten laden dich ein, zerstreute Hütten in mannigfaltigen Gruppierungen künden dir eine neue Welt und neue Verhältnisse. Du siehst rechter Hand den zerrissenen Grat des Osser, des Beherrschers dieser Regionen: du hast ihn und den größten der Riesen des Böhmerwaldgebirges eigentlich schon viel früher gesehen, schon im mittleren Angeltal, wo das Volk sie gut kennt und häufig seine Blicke ihren oft in Wolken gehüllten Gipfeln zuwendet. Das Volk nennt sie poetisch: *Prsa matky Boží* – Brust der Mutter Gottes.

In Eisenstein also setze ich dich ab, nachdem du lange Minuten durch die Eingeweide des ehrwürdigen Spitzberges gefahren.

Aber lange bleibe ich nicht. Meine Fahrten haben großenteils einen retrospektiven Charakter, und hier gibt es nur wenig mehr, was an die vergangenen Zeiten erinnert – ein totaler Umschwung aller Verhältnisse.

Ich bitte mich recht zu verstehen. Es ist schön hier,

unvergleichlich schön. Die Menschen vermochten der Natur ihren ewigen Reiz nicht zu rauben – aber das Typische des Böhmerwaldes, seine erhabene, heilige Ruhe, die Poesie seiner rauschenden Fichtenwälder, ach, es ist von hier verschwunden auf immer!

Du wirst in Eisenstein und am Spitzberg Komfort finden, lieber Leser – allerdings einen verhältnismäßigen Komfort, denn ein Touristenland wie die Schweiz und das Salzkammergut ist der Böhmerwald nicht. Aber es wird dir an nichts fehlen, wenn du nur einigermaßen bescheiden bist. Gelüstet es dich nach diesem Komfort, willst du ihn in keiner Weise missen, vermagst du den Umgang mit Menschen deiner Sphäre nicht zu entbehren, so bleibe getrost hier, es wird dir hier gefallen, die Spaziergänge und auch die weiteren Touren werden dir Abwechslung genug bieten. Grüße mir den Teufelssee, an dessen ewig melancholischen Gestaden ich in meiner Jugend so oft geweilt in träumerischen Gedanken, in Zeiten, wo der Wald noch ohne Pfad war, wo das Holz am Boden faulte und der schrille Schrei eines Raubvogels, das Hämmern eines einsamen Spechtes allein die hehre Stille unterbrach. – Pilgere zum Schwarzen See und zur Seewand und bade deine Blicke in der dunklen sagenreichen Flut. Besteige den hohen Arber und den Osser – die Pfade sind bequem, du findest allenthalben Wegweiser, du bist nicht aus der Welt, denn Schritt für Schritt begegnest du lachenden Gesellschaften, fröhlichen Herren und hübschen Damen.

Eine Literatur besteht heute über Eisenstein und Umgebung, eine Literatur, allen Dankes wert, und es hieße dem Schwarzen See in Gießkannen Wasser zutragen, wollte ich sie vermehren.

Wir müssen klaren Pakt miteinander machen, lieber Leser. Wir sind vielleicht verschieden in unserer Anschauung der Natur, der Dinge und der Menschen. Wir

Blick auf Eisenstein

sind verschieden und haben doch beide recht. Wir sehen beide die reale Welt vor uns, wie sie steht und lebt, aber wir betrachten sie durch Gläser, gefärbt durch unser verschiedenes Temperament und unsere individuelle Natur und Veranlagung.

Eines vielleicht habe ich voraus vor dir. Ich bin ein Kind dieser Berge, ein Sohn dieses Volkes; ich habe in seiner Mitte meine goldene Jugend verlebt, ich habe mich mit ihm gefreut und mit ihm gelitten, ich kenne den Schlag seines Herzens und den Pulsschlag der Natur, die, wenn auch rauh und unwirtlich, mir doch eine liebende Mutter gewesen ist, die man um so teurer hält, je ärmlicher sie ist.

Mir geht es in Eisenstein immer wie einem alten Mann, den ich da kenne. Wir vermögen das neue Leben und Treiben mit dem, was früher war, nicht zusammenzureimen. Wir sagen uns: es ist schön hier, aber kein Böhmerwald. Es sind gewiß auch liebe, gute Menschen aus der Fremde hierher gekommen, aber unsere Typen sind gegangen. Sie ruhen unter der Hand des Allerbarmers in stillem Schlaf, oder sie haben sich den neuen Verhältnissen angepaßt. Die es nicht vermochten, blicken scheu und stier auf all das Neue; sie können es nicht begreifen, es ist ihnen, als schwanke der heimische Boden unter ihren Füßen.

Wir denken nicht anders, als daß der alte Kirchturm mit uns die gleichen Ideen hat, denn er scheint Gehirn zu haben in seiner Mohnkopfkuppel. Sie muß sich von den neuen Menschen ähnliche Gedanken machen wie wir von den modernen Fichten- und Tannenbeständen, die sie »Wald« nennen; uns scheint das eine Blasphemie.

Die wenigen hohen Bäume, die man geflissentlich hier stehenließ als Schaustücke aus einer vergangenen, auf Nimmerwiedersehen entschwundenen Zeit, sie schütteln bedächtig und traurig ihre dunkelgrünen Äste, als gedächten sie der Hekatomben ihrer gemordeten Brüder und Genossen.

Wer Eisenstein vor 20 Jahren gesehen, der wird sich vielleicht wundern über den Fortschritt; wer hier am Busen der Natur gelebt, der wird sich eines tief wehmütigen Gefühles nicht erwehren können.

Du besteigst auf bequemem Pfad das graue Haupt des hohen Arbers und die vielzackige Krone des Ossers; du segnest vielleicht im Geist die wohlwollenden Hände, welche diese Pfade geebnet haben durch dichtes Gestrüpp, durch zersetzende Nässe und über hartes, zerklüftetes Gestein. Ich gebe dir vollkommen recht, aber, siehst du, ich zöge es vor, wenn es noch so wäre wie sonst ...

Und dann noch etwas: die Neuzeit nivelliert. Die Reisenden haben es jetzt bequem, und man braucht seiner Liebe zur Natur keine Opfer mehr zu bringen: die gefällige Maschine enthebt uns aller Unbequemlichkeit und setzt uns mitten hinein in die Freistätten der Natur. Freistätten? Sie haben vielfach aufgehört, es zu sein, seit sie so leicht zugänglich sind. Die Maschine fragt nicht, sie bringt gleichgültig die sonderbarsten Kostgänger des Herrn, die uns den Genuß verleiden; sie bilden eine sonderbare Staffage der Gegend. Nicht einmal die hallenden Schläge der Axt hörst du mehr, denn sie haben schon alles umgehauen, die praktischen Menschen, was einst dastand; dafür kannst du unter Glockengeläute des gewissermaßen nur mehr als künstlerische Staffage dienenden Weideviehes folgende Gespräche belauschen.

»Woher beziehen Sie den Moschus?« – »Was heißt beziehen, erzeugen ihn selber.« – »Kennen Sie G. H. Schwarzstein in Poděbrad? Ist er gut?« – »Für 10 000 fl. ist er immer gut; wollen Sie ihm mehr kreditieren, so ist das Ihre Sache, ich tu's nicht.« – »Papa, das ist der Urwald, nicht wahr?« fragt ein bleichsüchtiger Back-

Auf dem Spitzberg

fisch einen gelbsüchtigen Herrn, auf dem der Aktenstaub noch zu liegen scheint, der wie grauer Novemberreif seinen borstigen Schnauzbart überzieht. »Ja, mein Kind, das ist der Urwald«, sagt zerstreut der Papa und denkt der Akten, deren nimmer endender Stoß sich während seines achttägigen Urlaubes zu doppelter Höhe aufgetürmt haben wird. »Ja, das ist der Urwald«, bestätigt der Fremdenführer, ein etwa fünfzehnjähriger Bursche in veritablen Stiefeln, der schon solche Fortschritte in der Zivilisation gemacht hat, daß er mit innerer Beschämung der Zeiten gedenkt, wo er die ersten drei Finger seiner Rechten als Schnupftuch verwendete, wogegen jetzt der Rockärmel zu dieser wichtigen Funktion avanciert ist: Der »Urwald« aber besteht aus einem kaum zehnjährigen Bestand, der kümmerlich fortvegetiert, weil ihm alljährlich der Frost die Triebe wegbrennt und die Aufforstung im Böhmerwalde ohne den Schutz höherer Bäume nur mühsam vonstatten geht.

Doch welche Klänge erschallen andächtig und hehr an dein Ohr? Du bist eine Stunde lang über kahles Gestein dahingewandelt, welches dich lebhaft an die gesegneten Fluren des Karstes erinnert; nur die sich überall zwischen dem grauen Gestein durchschlingenden, sich verfitzenden weißen Baumwurzeln erzählen dir eine traurige Märe von entschwundenen Zeiten. Da erhebt sich an der Krümmung des Weges knorrig und zum Teil rindenlos eine einsame Knieföhre. Ein einfaches Marterbild hängt daran, denn hier hat vor Jahren ein wütender Stier den Hirten zu Tode gestoßen. Vier Herren stehen hier und zwei Damen. Sie blicken den Baum andächtig an, der sie an Größe kaum überragt, und hinunter ins Tal tönt die Weise:

Wer hat dich, du schöner Wald,
aufgebaut so hoch da droben.

Du nahst, und einer der Herren unterbricht das schöne Lied, grüßt dich höflich und sagt: »Erlauben Sie mal, mein guter Härr, gäht da der Wäg nach Eisenstein? Würden wir keinen Sumpf zu passieren haben?«

Noch ehe du ihm antworten kannst, wirft er einen zufriedenen Blick auf seine wasserdichten Stiefletten und seine ledernen Gamaschen, und nachdem du ihm die gewünschte Aufklärung gegeben, zieht er wieder höflich den Hut, und das Lied wird fortgesetzt.

Was soll man dann für Gedanken haben am Schwarzen See? Man wäre geneigt zu glauben, daß die schöne Nixe ohne Fischschweif, die ihn der Sage nach zu ihrem Wohnsitz auserkoren und die sich den Menschen nicht mehr zeigt, seit sie wegen einer unglücklichen Liebe der Welt grollt, gelockt durch die Neuheit der Erscheinungen, emportauchen werde aus ihrem Kristallpalast tief unten in der schwarzen Flut, um bei dem erwähnten Moschuserzeuger ihren Bedarf an Moschus, Patschuli und Opopanax zu decken. Die holde Blonde schafft sich dann wohl auch eine moderne Tournüre an, die zu ihrer Erscheinung passen wird wie die Kieselwege zum Arber.

Brechen wir auf gegen Süden. Eine Wasserscheide, dann eine weite melancholische Hochebene voll mooriger Gründe, von zahlreichen Bächen durchflossen. Wir sind auf dem Plateau von Hurkental. Im Sommer gehen hier schauerliche Gewitter nieder; die vom Blitz zerschlissenen Telegraphenstangen längs der Bezirksstraße geben Kunde von diesen Kämpfen der Elemente. Im Winter aber fegen die Stürme darüber weg, und die grauen Schwaden gefrieren zu stechenden Eisnadeln. Ungeheure Schneemassen schüttet der Himmel herab, die liegenbleiben bis spät in den Mai hinein.

Die Schlote der Spiegelgießereien der »böhmischen Hütte« rauchen wie vor Dezennien, ich deut es nicht anders. Vor fünfzig Jahren rauchten sie geradeso, und damals war hier eine bessere, gemütlichere Zeit. Meine Blicke wenden sich nach rechts und gewahren das Kirchlein hoch oben am Berg über einer freien blumigen Lehne und die hohe Gruftkapelle daneben. Darin ruhen, in sonniger, luftiger Höhe, die Gebeine derer, die einst der Industrie hier Bahn brachen und zum Segen der ganzen Gegend wurden.

Es ist die Gruft der Familie Abele, und wer diese ausgezeichneten Menschen gekannt hat, wird ihrer voll Liebe, Pietät und Wehmut gedenken, wie ich es hier tue.

Das war ein Leben zur Zeit der Abele! Der alte, freundliche Pfarrer, der uns auf Verlangen die Gruft öffnet, wird davon zu erzählen wissen. Die herrschten hier wie Fürsten, aber es war ein lebensfroher Hof, voll lieblicher Feste, gastlich für jeden, der, wes Landes er sein mochte, die geräumige Flur des Herrenhauses betrat. Weilte doch selbst Erzherzog Stephan längere Zeit hier und war hier glücklich unter den glücklichen Menschen. Da kam das Verhängnis, und der Glanz der Familie Abele erlosch: ihre Epigonen sind verschwunden und wurden zerstreut nach allen Richtungen der Windrose.

Hinter Hurkental teilt sich die Straße; die linke Abzweigung führt nach Hartmanitz, rechts geht es nach Stubenbach.

Was sollen wir in ersterer Stadt tun? Die Gegend bietet nichts Besonderes, und von Merkwürdigkeiten wüßte ich nichts zu berichten, außer daß sich hier eine Art Preiselbeerbörse etabliert hat, die, wie jedes Verkehrsinstitut, ihre Schwankungen hat. Die entholzten Höhen und Lehnen der Umgebung bringen unglaubliche Mengen dieser säuerlichen Frucht hervor, und aus ziemlicher Ferne noch bringt man sie hieher, massenhaft, Fuhr auf Fuhr. Je nach Angebot und Vorrat steigen und sinken die Preise oft mit erstaunlicher Schnelligkeit. Die

Abnehmer kommen aus vieler Herren Ländern; soweit ich unterrichtet bin, stellt Sachsen das Hauptkontingent.

In neuester Zeit verblaßt übrigens auch diese Spezialität der Stadt Hartmanitz, und auch an anderen Orten entstehen Börsen, besonders seit Schüttenhofen durch die Transversalbahn in den Weltverkehr mit einbezogen wurde.

Ob wohl das Kasino der Gutsbesitzer der Schüttenhofener Umgebung noch in Hartmanitz existiert? In meiner Jugendzeit ging es hier hoch und lustig her; doch das Schicksal und die neuen Verhältnisse haben grausame Lücken in diese Gesellschaft gerissen. Ein trauriges Kapitel!

Du aber, lieber Leser, laß Hartmanitz links liegen und folge mir nach Stubenbach und von da dann weiter. Zuerst mußt du einen wasserreichen Bach überschreiten, der sich aus den zahlreichen Gewässern bildet, welche die moosige Hochfläche von Hurkental entstehen läßt, und den Abflüssen einiger Seen. Es ist der Kieslinger, einer der beiden Quellflüsse der Wotawa; braun sind seine Wasser, wie die aller Böhmerwaldflüsse, aber klar und rein. In ihn steigen die fast mythisch gewordenen Lachse empor; ob sie wohl wieder kommen werden wie früher? Wenn dies ja geschieht, so ist es das Verdienst des Herrn Marcuzzi in Schüttenhofen, der die bedeutendste künstliche Fisch- und speziell Lachszucht in ganz Böhmen betreibt.

Mit dem Stand der Edelfische hat es hier überhaupt seine Schwierigkeiten. Die Holzflößerei ruiniert die Brut, die Bauern fischen am meisten zur Laichzeit, weil da die Fische am leichtesten zu fangen sind, und das Fischereigesetz hat gute Wege. Sie schwinden hin, die rotgetupften, munteren Bewohner der Gebirgsbäche, mit den Wäldern des Gebirges, und wenn die Wälder ausgehauen sein werden, wird auch die letzte Forelle verschwinden. Vor 15 bis 20 Jahren kosteten die Forellen 2 kr. per Stück, heuer bekommt man sie in Eisenstein kaum um 50 kr.

Doch weiter fort unseres Weges. Abwechslungsreich läuft er fort im Tal und über sanfte Höhen, zwischen grünen Wiesen und dunklen Fichtenwäldern, lauter jungen Beständen; Hochwald bekommst du keinen zu Gesicht, geschweige denn Urwald. In etwa zwei Stunden bist du in Stubenbach. Hier laß es dir wohl ergehen, denn du bist an der Grenze der zivilisierten Welt angelangt. Ja, Stubenbach ist ein zivilisierter Ort, zwar ohne Sommerfrischler, aber du findest vorzügliche Gasthöfe, und wenn du das Glück hast, mit dem Herrn Oberförster Lenk bekannt zu werden, so bist du beneidenswert. Ich habe selten ein gastlicheres, gemütlicheres Haus gefunden und eine freundlichere, liebenswürdigere Hausfrau.

Hast du Glück, so kann es sich ereignen, daß du den Abend im Theater zubringst. Ob dich aber die lustigen Stücke freudig stimmen werden, muß ich dahingestellt lassen. Mich stimmte die Vorstellung und das, was ich darnach sah und hörte, traurig, recht traurig. Im Tanzsaal eines Gasthauses war die Bühne errichtet, und lange Bretterbänke harrten des Publikums. Es ging recht gemütlich zu in diesem Parterre; die Herren rauchten, ließen sich ihr Bier in den Saal tragen und neben sich auf die Sitzbank stellen. Der Vorhang ging auf; ein junges Mädchen trat auf die Bühne. Das Stück sollte lustig sein, und die gemalten Rosen auf den Wangen sahen so traurig aus und vermochten die Furchen des Grames und der Not nicht zu verdecken, die in dieses jugendliche Antlitz gegraben waren. Der Direktor und zugleich Vater der jungen Schauspielerin gab den Liebhaber. Seine Truppe bestand aus seiner Frau, zwei Töchtern, einem Sohne und zwei ferneren Mitgliedern. Wenn es gut ging, nahmen sie 2–3 Gulden ein, gewöhnlich 50 kr. bis einen Gulden; gleich nach der Vorstellung teilten sie. Als ich am Morgen nach der Vorstellung die Kirche besuchte, sah ich dort die Heldin von gestern; sie stellte einen Strauß von ihr verfertigter künstlicher Blumen auf den Altar und verließ still das Gotteshaus. Ob der Allbarmherzige die Tränen gezählt hat, die auf die roten und weißen Rosen gefallen waren?

In Stubenbach lebt alles mittelbar oder unmittelbar vom Fürsten Schwarzenberg; so weit dein Auge reichen mag, lieber Leser, gehören ihm die Wälder; die Brettsägen und die Holzschwemmen sind gleichfalls sein Eigentum. Auf Schwarzenbergischem Grund liegt auch der schöne See in stiller Waldeinsamkeit, dessen Besuch ich dir empfehle. Er ist schon seit längerer Zeit mit Schleusen versehen, und wenn ihn im Frühjahr die Hunderte von Wasseradern, die von den Bergen und aus den höher liegenden Mooren ihm zuströmen, bis an den Rand mit Wasser füllen, dann werden die Schleusen geöffnet, und die braune, brausende Flut erfüllt den ihm entströmenden Seebach und treibt ungeheure Scheitholzmassen dem Kieslinger zu, der sie der Wotawa überantwortet.

Einst war ich im Winter hier, schon vor vielen Jahren. Ungeheure Schneemassen lagen auf den Bergen und brachen fast die Äste der alten Fichten. Damals war's noch viel wilder hier, und die hohen Bäume standen dicht gedrängt da, nicht einzeln, wie jetzt. In Begleitung eines alten Hegers war ich hinausgegangen in den Wald, um einige »Kwitscholen« – so nennen sie hier die Krammetsvögel oder Wacholderdrosseln – zu erbeuten. Wir waren glücklich gewesen und kehrten eben mit wohlgefüllten Weidtaschen heim. Ein eigentümlich fahler Nebel hatte sich über Wald und Tal gesenkt, und in glitzernden Nadeln hing sich die gefrorene Feuchtigkeit auf die Zweige der Bäume, die Haare des Lodenrockes meines Begleiters, auf unsere Schnurrbärte und alle Gegenstände. Es war totenstill um uns herum; der Böhmerwald hat ohnehin verhältnismäßig wenig Vögel, und auch im Sommer singt und trällert es weniger in Wald und Busch als drunten im flachen Land; im Winter jedoch, besonders gegen Abend, wird die Stille geradezu unheimlich. Da ertönte plötzlich ein leiser, flötender Gesang, dann noch einer ganz nahe und schneller, als ich es zu schreiben vermag, zehn- und hundertstimmig in die kalte Winterluft hinein.

»Was ist das?« wandte ich mich verwundert an den grauen Waldmann.

Dieser stand regungslos da, und all sein Blut war aus dem wettergebräunten Gesichte gewichen. »Gott sei uns gnädig, Herr«, sprach er endlich leise und deutete nach einer hohen Fichte, »sehen Sie dahin: da sitzen die Pestvögel, das ist nichts Gutes.« Ich blickte nach der bezeichneten Richtung hin, richtig, da saßen sie, dichtgedrängt auf allen Zweigen, fast purpurn hob sich's ab vom blendenden Schnee. Ich erkannte die Vögel auf den ersten Blick an der Farbe und dem immerwährenden nickenden Schopf, denn ich hatte sie schon ausgestopft gesehen. »Pestvögel?« fragte ich verwundert. »Das sind ja Seidenschwänze.« – »Nennen Sie sie, wie Sie wollen, Herr, das sind Pestvögel; dieses Jahr wird unglücklich für uns ausfallen.«

Ich wußte von den schönen nordischen Gästen soviel, daß sie nur in manchen Wintern in unsere Gegenden kommen; mitunter vergeht eine lange Reihe von Jahren, ehe man ihrer wieder ansichtig wird. Kommen sie aber, so erscheinen sie in zahllosen Scharen. Dies seltene Erscheinen der Vögel, das besonders in strengen Wintern beobachtet wurde, hat sicher die Aufmerksamkeit der Landbewohner auf sich gelenkt; was aber oben im höheren Gebirg in schneereichem Winter zuweilen geschieht, davon will ich ein andermal sprechen. – »Schießen Sie nicht, Herr!« flehte der Alte, als ich anlegte. »Schießen Sie nicht; aus dem Blute der erschossenen Vögel entsteht die Pest; es ist schon schlimm genug, daß sie da sind.«

Ich tat dem Alten zu Willen, und wir setzten unseren Heimweg fort. Ein ziemlich starker Wind erhob sich und schüttete den Schnee herab auf uns, und die alten Fichten knarrten und stöhnten ein trauriges Lied. Der Alte sprach kein Wort mehr, und mich fröstelte, trotzdem ich vom raschen Gang erhitzt war. Die Dämmerung sank herab über den hohen Bergrücken im Westen, und leise klang das Angelus herüber aus Stubenbach.

Als im Frühjahre die Holzschwemme losging, gab's ein Unglück; ein Mann verlor beim Abstoßen der Scheiter das Gleichgewicht und stürzte in die brodelnde, gurgelnde Flut. Weit unten fand man die schrecklich verstümmelte, unkenntlich gewordene Leiche. Im Hochsommer wurde der älteste Sohn des alten Hegers von bayerischen Wilddieben erschossen. Mehrere Kinder starben, was übrigens alljährlich geschah, doch diesmal fiel's auf. Der alte Mann selbst wurde krank und siechte lange; er erholte sich zwar wieder, seine frühere Rüstigkeit erlangte er jedoch nicht mehr und ging in Pension. Düster brütend, saß er stundenlang auf der Ofenbank, stützte die Ellbogen auf die Knie, bedeckte mit den Händen das Gesicht und murmelte: »Die Pestvögel, die Pestvögel!«

So fand der Aberglaube neue Nahrung und Bestätigung; doch daß in den langen Jahren, in denen die Seidenschwänze nicht erschienen, auch manches Unglück geschah, darüber dachte niemand nach.

Du wirst gut schlafen in Stubenbach, lieber Leser; du bist ja tüchtig ausgeschritten den ganzen Tag über, und die Gebirgsluft zehrt und macht müde. Wie könnte es bei diesem Reichtum an Ozon auch anders sein? Du kannst übrigens von Glück sprechen, wenn du einen schönen Tag gefunden hast, denn ein vollkommen schöner Tag, an dem es nicht regnet, ist hier eine Seltenheit, wenn man etwa vom September absieht. Ich habe immer lächeln müssen über die armen Ausflügler, die im Juni und Juli herkamen, und doch hätte ich sie eigentlich bedauern sollen. Diese enttäuschten Gesichter! Wie nasse Hühner unter dem Schupfendach sammeln sie sich in den Wirtshäusern, trocknen ihre Kleider und werfen wehmütige Blicke auf ihr zerweichtes Schuhwerk und ihre in der Nässe schief getretenen Absätze. Ich sehe ihn noch vor mir stehen, den armen Prager Hausherrnsohn, der bis hieher gekommen war, um den Urwald zu sehen. Da steht er am Fenster, ein Bild unsäglichen Jammers, und trommelt gelangweilt auf die Scheiben. Ich kenne ihn aber, den Herrn. Gott wird ihm eine glückliche Rückkehr schenken, und er wird jahrelang in seinen Stammlokalen von der Šumava* renommieren, von seinen Abenteuern und Fährlichkeiten erzählen und berichten, was er alles gesehen. Und doch hat er gar nichts gesehen als einen grauen Himmel, graue Wolken und Nebel und in Grau gehüllte Sprößlinge eines ganz jungen Bestandes, den man nicht einmal mit dem Namen Wald bezeichnen kann. Das sah er am ersten Tag seines Hierseins und kehrte dann zurück unter das schützende Dach des Wirtshauses. Der bräunliche Saft, der seinem durchweichten Hutfutter rieselnd entquoll, versah sein zartes Antlitz mit einer Art energischer Kriegsbemalung, und seine vom Regen recht schlaff gemachten Manschetten erfüllten ihn mit Wehmut. Am zweiten Tag kam er nur bis zur ersten Sägemühle, wo er auf mooriger Wiese ein zartes Bouquet weißer Sumpfparnassien pflückte, worauf er abermals durchnäßt heimkehrte. Am dritten

* So heißt auf böhmisch der Böhmerwald. (Anmerkung des Autors)

Tag ging er schon gar nicht aus und ließ den Regen fein staubend, aber laut prasselnd, wie er eben kam, herabfallen; diesmal wurde nur sein Magen gründlich naß von dem vielen Biere, über welches er weidlich schimpfte, das er aber doch trank. Am vierten Tage fuhr er endlich unter strömendem Regen in geschlossener Extragelegenheit nach Eisenstein, wo er den nächsten Zug benützte, um dem Böhmerwald mit seinen erhabenen Schönheiten sanglos adieu zu sagen.

In Prag dagegen behauptete er unausgesetzt: »To Vám byla krása! Tam se musíte podívat!«* – und seine Freunde beneiden ihn. Die Parnassien, das einzige, was er mitgebracht, preßt er sorgfältig, steckt sie hinter Glas und Rahmen und teilt dem oder jenem unter dem Siegel der tiefsten Verschwiegenheit mit, er habe sie von einer ländlichen Schönen erhalten, deren Herz er im Sturm erobert. Einige hingeworfene Worte, ein beredtes Schnalzen mit der Zunge seinerseits, die eigene Phantasie bemeldeter Freunde malt diesen ein reizendes Bild jugendfrischer, gesundheitstrotzender Landmädchenschönheit vor ihr geistiges Auge, und sie beneiden ihn wieder.

Weil ich gerade von einem Renommisten gesprochen, so kann ich nicht umhin, meinen geehrten Lesern ein ergötzliches Histörchen mitzuteilen, das sich vor vielen Jahren gerade in Stubenbach zugetragen hatte.

Zuvor aber muß ich bemerken, daß Stubenbach so ziemlich der Hauptort für die Auerhahnjagd ist. Alljährlich zur Balzzeit, im März und April, finden sich viele Kavaliere hier ein, diesem interessanten Sport zu huldigen. Da kam an einem wie gewöhnlich sehr weinerlichen Junitage zwar kein Kavalier, aber dafür ein possierliches Männchen, von kleiner Statur wohl, jedoch mit

---

* Das war schön! Dahin müßt ihr schauen! (Anmerkung des Autors)

Teufelssee

mächtig entwickelten Dreschwerkzeugen, die nicht einen Augenblick ruhten. Das Männlein, dessen Possierlichkeit durch seinen komischen Anzug noch gehoben wurde, nahm abends sans façon Platz am Herrentische und legte nun mit einer Zungenfertigkeit los, welche die Stammgäste geradezu verblüffte. Es schnarrte, knatterte, gellte, grölte förmlich durch die sonst so stillen Räume, und noch dazu in den hier nie gehörten Klängen des reinsten Berliner Dialekts. Was er alles erzählte, ist unmöglich wiederzugeben, drei Foliobände würden es nicht fassen. In der Hauptsache war's Jägerlatein. In allen Weltteilen hatte der Kleine gejagt, und dabei passierte es ihm, daß er Elefanten und Flußpferde in Brasilien, Walrosse in Zentralafrika, Jaguare in Sibirien und Kolibris vielleicht im Monde in unzähligen Scharen erlegte. Seine Erzählungen begleitete er mit drastischen Gebärden und bald hoheitsvollen, bald tief mitleidigen Blicken auf seine sprachlosen Zuhörer, die ihn übrigens kaum verstanden und sich anfangs vor Verwunderung kaum fassen konnten. Er hielt nur dann und wann inne, um prüfenden Blickes den Eindruck seiner Worte zu ermessen. Die anwesenden Jäger hätten sehr einfältig sein müssen, wenn sie den Kauz nicht bald durchschaut hätten. Wie dieser Nimrod schließlich dazu gekommen war, daß er Handlungsreisender wurde – denn er erzählte ihnen, er sei auf dem Wege nach Mader, um dort Resonanzböden für Pianos, Violinen und Guitarren einzukaufen –, darüber vergaß er zu berichten, wohl aber sprach er mit großer Verachtung von dem böhmischen Resonanzholz und schwur, daß das sibirische ungleich besser sei.

Eine der seltenen und kurzen Pausen, die der Fremde seinen Zuhörern gönnte, benützte einer der Jäger, um ihn zu fragen, ob er schon Auerhähne gejagt habe. »Ich habe deren, meine Herren, mehr jeschossen, als Sie alle in Ihrem janzen Leben jesehen haben«, lautete die bescheidene Antwort, und nun ging's von neuem los, bis endlich das Bier seine Wirkung tat und der Elefantentöter das Zimmer auf einige Augenblicke verlassen mußte. Seine Abwesenheit machten sich die Jäger zunutze, steckten plötzlich die Köpfe zusammen, und an ihrem teuflischen Lächeln konnte man wohl merken, daß ein geheimer Plan geschmiedet wurde. Das verdächtige Flüstern und Lachen wiederholte sich, sooft der Spreeathener das Zimmer verließ, was, beiläufig sei es gesagt, ziemlich oft geschah. Schließlich wurde der Wirt ins Vertrauen gezogen, und gegen 10 Uhr abends verließ einer der Jäger die Stube, machte sich bei den Geflügelställen etwas zu schaffen und verließ mit einem umgehängten, anscheinend ziemlich schweren Sacke das Haus.

Als nach wiederholten vergeblichen Bemühungen endlich wieder einer der Jäger zum Wort kam, lud er den Fremden ein, an der morgen früh stattfindenden Auerhahnjagd teilzunehmen, es sei gerade die richtige Balzzeit. Wohlgemerkt, es war im Juni. Der Berliner Nimrod war gleich dabei, und die Jäger versprachen, ihn zeitlich zu wecken, um die richtige Jagdzeit nicht zu versäumen. Die Aussicht, zeitlich geweckt zu werden, war dem Fremden offenbar nicht sehr angenehm, denn er bemerkte, bei ihm zu Hause falle die Balzzeit in den August und es würden die Auerhähne besonders in den Nachmittagsstunden geschossen. »Das kann bei Ihnen wohl der Fall sein«, bemerkte einer der Jäger, »doch wird Ihnen wohl nicht unbekannt sein, daß wir hier im Gebirge einen anderen Meridian haben als bei Ihnen in der Ebene, und nach dem Meridian richtet sich ja die Balzzeit des Wildes.« Dieses Argument war zu überzeugend, als daß sich dagegen etwas hätte einwenden lassen, und so blieb es denn bei der Verabredung. Die Jäger stellten sich nunmehr sehr schläfrig, und einer nach dem anderen verschwand, so daß schließlich der Fremde niemanden mehr hatte, dem er seine Abenteuer hätte erzählen können, und es deshalb vorzog, gleichfalls seine Lagerstätte aufzusuchen.

Noch graute der Morgen nicht, als an der Zimmertüre des Fremden geklopft wurde. Die Jäger waren erschienen, ihn zu wecken; einer von ihnen stellte ihm ein hübsches, bereits geladenes Doppelrohr zur Verfügung, an dem der bewährte Weidmann indes manches auszusetzen fand. Unter unausgesetztem Geklapper der unermüdlichen Dreschwerkzeuge ging das Ankleiden vor sich, und dann ging's fort dem Walde zu. Ein feiner Regen rieselte herab, und die Dunkelheit war vollkommen, man hätte den dichten Nebel buchstäblich schneiden können. Die Jäger in ihren Stulpstiefeln und Lodenröcken hatten von der Feuchtigkeit verhältnismäßig wenig zu leiden, um so mehr der durchaus nicht balzjagdmäßig gekleidete Preuße. Anfangs ging das Mundwerk des Fremden noch gut, nach und nach jedoch schwand seine Mitteilsamkeit, und endlich schwieg er ganz. Über Stock und Stein führte der Weg, über Sümpfe und angeschwollene Bäche; bald stolperte sein Fuß über eine tückische Baumwurzel, bald versank er tief in den schlammigen Grund oder geriet in ein wohl gefülltes Wasserloch, wobei sich jedesmal ein scharrender Schwernotsfluch seiner keuchenden Brust entrang. So ging's fort wohl zwei Stunden lang; er merkte nicht, daß man ihn eigentlich fortwährend im Kreise herumgeführt hatte und daß er keine Viertelstunde von Stubenbach entfernt war.

Da fing der Tag im Osten zu grauen an, eine förmlich schmutzige Dämmerung ergoß sich über den Wald, und deutlicher und immer deutlicher hoben sich die dunkelgrünen Wipfel der Fichten aus dem Dunkel der Nacht ab. Gerade war der Fremde wieder ausgeglitten im triefenden Heidekraut, das sich wie Schnüre um seine Füße schlang; um nicht zu fallen, faßte er den Ast einer jungen Fichte, die sich bog und dann zurückschnellte, ihn mit einer förmlichen Wasserflut überschüttend. »Millionenschockschwere Not!« – »Sachte, keinen Laut mehr! Wir sind zur Stelle!« flüsterte der eine der Jäger. »Er balzt!« flüsterte ein zweiter. Die ganze Gesellschaft stand still und horchte. In der Tat, ein seltsamer Ruf erscholl wie aus hoher Luft herab. »Haudrihaudrihaudri!« kollerte es. »Tiau! Tiau! Tiau!« antwortete es aus der Tiefe.

Im Nu waren die Kautschukverhüllungen von den Schlössern herunter, die Hähne gespannt. Mit angehaltenem Atem pirschte man sich vorsichtig näher; so lang der Ruf dauerte, ging's vorwärts, dann stand jeder wie angewurzelt; wohl keuchte der Fremde etwas laut, einmal überkam ihn sogar ein Hustenanfall; der Auerhahn war jedoch offenbar sehr feurig gestimmt in seiner Brunst, denn er »balzte« fast ununterbrochen und nahm nicht die geringste Notiz von dem doch ziemlich lauten Geräusch. Da deutete einer der Jäger nach dem Wipfel einer mäßig hohen Fichte. Richtig, da saß er; die Umrisse eines großen Vogels traten hervor. »Haudrihaudrihaudri!« erscholl es abermals, dann folgte ein eigentümliches Pusten. »Schießen Sie!« flüsterte ein Jäger. Ein gewaltiges Jagdfieber hatte den Spreeathener erfaßt. Bilder unsterblichen Ruhmes, der ihm hier winkte, mochten seine Phantasie umgaukeln, denn das Gewehr zitterte in seinen Händen, als er anschlug. Einige erwartungsvolle Sekunden folgten, dann krachte ein Schuß durch die tiefe Stille des Waldes. »Getroffen!« riefen die Jäger. »Ich fehle nie«, sprach der Berliner, das Rohr bei Fuß nehmend und einen triumphierenden Blick auf seine Begleiter werfend. In der Tat mußte der Hahn gut getroffen sein, obgleich er nicht herabfiel;

ohne Zweifel war er im Geäste hängengeblieben. Dafür regnete es förmlich Federn; schwarz, weiß, rot, in allen Farben rieselten sie herab, an allen Bäumen hingen sie und bedeckten das Preiselbeer- und Heidegestrüpp. Wo nur der arme Hahn so viel Federn hernahm? – In diesem Augenblick erklang's unten im Dickicht am Fuße der Fichte: »Tiau, tiau, tiau« – und oben mächtig und zornig: »Haudrihaudrihaudri.« – »Was ist nun das?« fragte der Preuße und lief dem Dickicht zu. Diesmal brachen die Jäger in ein unbändiges Gelächter aus. Hervor aus dem Dickicht rumpelte, an einen Strick angebunden, eine Truthenne, und oben kollerte abermals ihr dort festgebundener Gemahl.

Der Nimrod stand einen Augenblick starr vor Verblüffung; dann faßte ihn namenlose Wut, sein ganzer kleiner Körper zitterte, und seine Mienen spielten wie die eines boshaften Affen. »Det is eene janz niederträchtige Jemeinheit!« polterte er. »So 'ne Fopperei für mir? Die Foljen werden Sie sehen; ich werde Ihnen bei unserer Jesandtschaft klagen«, und so cum et sine gratia weiter. »Das können S' tun«, sagte endlich einer der Jäger, »und vergessen S' a die Feder net, mit die mir Ihna 's Gewehr gloden hoben. An ondres Mol ober lackieren S' ondre Leut on als uns. Jetzt schaun S' ober, daß mit uns hoamkommen, sonst vergengen S' Ihna noch in die Filzen.« – Der Rat war gut, und trotz seiner Entrüstung mußte das Männchen den Jägern folgen.

Es zappelte denn auch in einiger Entfernung hinterdrein her, und hätte die Sonne geschienen an jenem denkwürdigen Morgen, sie hätte wohl gelacht über diese durchnäßte, über und über beschmutzte, keuchende Jammergestalt.

Eine halbe Stunde später rollte ein halbgeschlossener Marterkasten die unendlich schlechte »Straße« gegen Mader entlang; am Herrentisch des bewußten Gasthauses aber herrschte durch Wochen hindurch unbändige Heiterkeit. Die preußische Gesandtschaft ließ glücklicherweise nichts von sich hören, was diese Lustbarkeit hätte trüben können. Es ist ein reines Glück, daß Stubenbach nicht am Kamerun liegt.

Auer- und Birkhühner gibt es noch ziemlich viele in den Stubenbacher Forsten; auch das Haselhuhn ist nicht gerade selten. Dafür nimmt das sonst so häufige Rehwild an Zahl sehr ab. Die Wildschützen, die herüberkommen aus Bayern, welches Bockbier erzeugende Land auch an diesem Artikel überreich ist, den es besonders nach Böhmens Grenzgebieten exportiert; die Wildschützen sorgen schon dafür, daß das Wild nicht überhandnimmt. Wohl zerbrach sich das Forstpersonal gar oft den Kopf, wie diesem Unfug zu steuern wäre; doch alles erwies sich bis jetzt als fruchtlos. Streifungen mit und ohne Gendarmerie sind immer problematisch; die Kerle haben feine Nasen und sind unter Umständen verwegen genug, wenn sie in die Enge getrieben werden. Die Geschichte des Böhmerwaldes hat über diesen Punkt manch blutiges Blatt aufzuweisen. Ich kann nicht mehr mit Sicherheit angeben, ob sich die Geschichte, die ich erzählen werde, im Stubenbacher oder in einem anderen Revier des Böhmerwaldes zugetragen hat, denn es ist wohl ein halbes Jahrhundert ins Meer der Ewigkeit geflossen, seit sie sich ereignet. Ich habe sie übrigens von glaubwürdigen Leuten gehört und zweifle nicht, daß sie wenigstens in ihren Hauptzügen wahr ist. Die Geschichte ist in ihren Einzelheiten so unheimlich, zeigt so viel von der Bestie, die in jedem Menschen schlummern soll, daß sie an die Indianerkämpfe im fernen Westen Nordamerikas erinnert.

Da war damals ein Förster, der es mit seinem Amte sehr streng nahm. Er war den Wildschützen Tag und Nacht auf den Fersen und entwickelte die List eines Indianerhäuptlings auf dem Kriegspfade, wenn er in der Verfolgung seiner geschworenen Feinde begriffen war. Die eisernen Stäbe der Gerichtsgefängnisse der Kreisstadt mochten wohl oft verzweifelt gerüttelt worden sein von den ihrer Freiheit beraubten Gebirgssöhnen; aber die Haft dauerte nicht ewig, und kaum war einer eingeliefert, als dafür ein anderer freigelassen wurde, der natürlich seine frühere Tätigkeit von neuem aufnahm. So glich die rastlose Mühe des pflichteifrigen Försters einer wahren Sisyphusarbeit, die ihm weniger Lohn als furchtbaren Haß eintrug. Da geschah es eines Tages, daß er im Walde, weit entfernt von jeglicher menschlichen Wohnung, von seinen Feinden überfallen wurde. Sie überwältigten ihn und schlugen ihn halb tot; dann knebelten sie ihn und hingen ihn an den Füßen an eine junge Fichte, die sich unter seinem Gewichte tief herunterbog, so daß sein Kopf in einen Ameisenhaufen zu liegen kam. Daraufhin entfernten sich die Unmenschen, wünschten ihm höhnisch einen guten Morgen und überließen ihn seinem Schicksale. So hing er denn da in namenloser Qual, unfähig, sich zu bewegen, und durch den Knebel am Schreien gehindert. Die grausamen kleinen Tiere begannen ihr Werk. – Gott hatte Mitleid mit dem Gemarterten. Ein Weib, das auf der Pilzsuche begriffen war, entdeckte ihn, band ihn los und eilte in das Forsthaus um Hilfe.

Lange lag der Förster krank darnieder, sein Geist drohte in ewige Nacht zu versinken; endlich siegte seine kräftige Konstitution, aber Haar und Bart war weiß geworden, weiß wie gefallener Schnee, obgleich er im besten Mannesalter stand, und sein Gemüt finster wie die Nacht.

Als er nach langen Wochen zum ersten Male die rostig gewordene Büchse vom Nagel herabnahm und über die Schulter warf, äußerte er: »Nun geht es los. Ich kenne die Burschen alle. Ich habe fortan nur einen Lebenszweck.« Mit diesen Worten trat er ins Freie und ging strammen Schrittes dem Walde zu, in dem er verschwand; am Abend kam er heim. So tat er jeden Tag. Eines Abends leuchtete ein dämonisches Feuer in seinem Blick. »*Einer*«, sprach er und wies auf den glänzenden Kopf eines gelben Messingnagels, den er in den Büchsenkolben eingeschlagen hatte. Einige Tage darauf versammelte sich ein Schwarm krächzender Raben auf einer eng umschriebenen Stelle des Urwaldes, und als die Holzhauer, durch das eigentümliche Benehmen der schwarzen Gäste aufmerksam gemacht, der Stelle zueilten, fanden sie eine halbverweste Leiche, deren leere Augenhöhlen grauenhaft gegen Himmel starrten.

So ging's nun weiter. Die Gefängnisse der Kreisstadt beherbergten ihre früheren Insassen nicht mehr, aber bald da, bald dort fand man im Wald und im Moos einen Toten, auch wohl tief versteckt im Dickicht ein Skelett, mitunter auch gar nichts, trotzdem man den Häusler X. oder den Knecht Y. drüben in Bayern vermißte. Dort zog überhaupt Jammer ein unter die steinbeschwerten Dächer der Waldhäuser. An dem Büchsenkolben des Försters jedoch mehrte sich Nagel auf Nagel, sein Auge war sicher, seine Hand zitterte nicht, und der Wald war verschwiegen.

Wohl durchschwirrten mancherlei Gerüchte die Luft, aber die Justiz hatte es nicht eilig damals, und die Beweise wären schwer zu erbringen gewesen. Als aber des Geredes immer mehr wurde, versetzte man den Förster weit fort in ein anderes Land. Die Gefängnisse der Kreisstadt erhielten nun wieder ab und zu einen Kostgänger von der Grenze oder aus Bayern. Von dem Förster aber hörte man nichts mehr.

Zweites Kapitel

Die künischen Freibauern – Rehberg – Gasbeleuchtung und Soldatenpresse

Wir verlassen Stubenbach, sonst sehen oder hören wir noch manches in diesem Regenwinkel Europas, was uns aufhält, und wir kommen nicht weiter.

Langsam aufsteigend geht der Weg gegen Süden, über Kruhberg nach Neubrunn, das hoch oben steht am Gebirgsrücken, der die Wasserscheide bildet zwischen Kießlinger und der Wydra, dem zweiten Quellfluß der Wotawa. Links hinunter eröffnet sich die Aussicht gegen Großhaid, das noch vor kurzem zur Gemeinde Rehberg gehörte.

Das Vieh weidet so ruhig unten im Tal, und der Schall seiner Glocken klingt so traut herauf durch die klare Luft, so tiefer Friede liegt über der Landschaft, daß man meinen möchte, es könne keine Kämpfe geben in diesem stillen Erdenwinkel. Der Schrei eines Raubvogels, der aus hoher Luft herniedertönt, reißt dich aus deinen Gedanken; er kündet anderes als Frieden.

Jäh biegt ein Fußsteig nach links ab; ehe du ihn betrittst, stößt dein Fuß gegen ein etwa klafterlanges Brett, einige andere liegen nebenher. Wie kommen sie her, diese Bretter, auf die Straße? Warum läßt man sie hier faulen? Denn tatsächlich sind welche dabei, die schon im Zerfalle begriffen sind. – Ihr Vorhandensein, lieber Freund, kündet dir an, daß du im Herzen des Böhmerwaldes bist. Einem alten Gebrauche zufolge werden hier die Bretter, auf denen die Toten gelegen sind, neben den Weg, besonders an Kreuzwege gelegt; hier bleiben sie, bis sie zerfallen, ein Memento mori für die Vorübergehenden. Die Leute wissen zumeist, wer auf ihnen gelegen; schweigend bekreuzen sie sich und gehen vorüber. Arger Frevel wäre es, sie fortzutragen oder gar sie zu irgendeinem profanen Zwecke zu benützen.

Der Steffen Toni unten im Tal war ein wüster Geselle; von ihm erzählen noch die alten Leute, obgleich er lang, lang schon unter dem Rasen liegt. Eine gewöhnliche Bauerngeschichte ist's, wie man deren zu Dutzenden in den Kalendern lesen kann; ich werde sie daher nur kurz berühren.

Am Allerseelentage wettete er, er werde eines der Bretter heimtragen und darauf schlafen; Brett sei Brett, ob man Brot darauf schlichte oder einen Toten. Lachend verließ er das Wirtshaus, und fort stürmte er in die finstere Novembernacht, ob auch den plötzlich entnüchterten Gästen vor Grauen die Haare zu Berg standen und nur zwei besonders Beherzte es wagten, ihm in respektvoller Entfernung zu folgen. Heulend fegte der Sturm über Moor und Heide, und stöhnend bogen sich die hohen Fichten des damals noch unberührten Urwaldes unter seinem Wehen. Blaue Lichter tanzten im Moor, und warnend erscholl der Schrei eines Nachtvogels: »Tu's nit! Tu's nit!« Der Toni aber faßte keck ein Brett und lud es auf den Rücken; in diesem Augenblicke war's, als löste sich ein weißer Ballen aus dem finsteren Grün des Waldes, er wuchs und wuchs und glich endlich einem riesigen Haufen flatternder weißer Linnen. Von fern bemerkten's die zwei und flohen, so schnell sie die Füße trugen. Dem Toni aber wurde mit einem Male das Brett so schwer, daß er es kaum tragen konnte. Er sah wohl nichts, doch sauste es plötzlich hinter ihm drein, wie sturmgepeitschte Segel. Grauen erfaßte ihn; er wollte das Brett wegwerfen, doch, o Schrecken! er vermochte es nicht, es saß wie festgewachsen.

Die Angst trieb ihn vorwärts, so schnell er konnte, und immer rauschte es hinter ihm drein. So kam er atemlos an der Kapelle unten im Tal vorbei. »Heilige Jungfrau, verzeih meinen Frevel und erlöse mich!« flüsterten in namenloser Angst in inbrünstigem Gebet seine bebenden Lippen. Es war nach langer Zeit zum erstenmal, daß er betend den Namen der Hochgebenedeiten aussprach. Da fiel das Brett von seinen Schultern, und stille ward's um ihn herum. Er aber sank in die Knie und betete lange.

Dann ging er heim. Am anderen Tag lag das Brett wieder dort, wo er es genommen hatte. Von dieser Zeit an war der Toni wie ausgewechselt: der frömmste Mensch in der ganzen Gemeinde. Die Toten sind heilig und alles, was bestimmt ist, ihr Andenken zu wahren.

Steil geht der Weg hinab über den »Dürren Berg«, an mächtigen Steinhalden vorbei ins Tal. Erst ziemlich tief unten, gegen den klaren Stillseifenbach zu, betritt man den Wald. Drüben erhebt sich hoch und steil ein anderer Berg, mit ziemlich jungem Wald bewachsen. Das ist der »Brennte Berg«. Vor Jahren bedeckte ihn dichter, undurchdringlicher Urwald. Da häuften sich an seinen Hängen in zahlloser Menge Schlangen und jegliches Geschmeiß. Der »Schlangenkönig« erkor sich ihn zur Residenz.

Der Schlangenkönig war, wie die Leute erzählen, eine ganz ungeheuere Schlange, mit der verglichen die größten Pythons und Abgottschlangen reine Blindschleichen sind. Er trug eine goldene Krone und erschien dann und wann zu nicht geringem Entsetzen der Holzhauer und Viehhirten, in Begleitung einer zahllosen Suite größerer und kleinerer Nattern.

Da faßte der damalige Richter des königl. Freigerichtes, Stadler Anteil erster Teil, im Einvernehmen mit dem Oberrichter zu Seewiesen einen heroischen Entschluß, um die Gegend von der Schlangengeißel zu befreien: während einer lang anhaltenden Dürre ließ er den Berg von allen Seiten umstellen; mächtige Haufen trockenen Reisigs, Stroh und Moos wurden aufgetürmt und dann angezündet. Der Brand teilte sich dem Walde mit, und bald standen einige hundert Joch Urwald in Flammen. Wochenlang brannte es fort, und als endlich das Feuer erlosch, stand kein Baum mehr an sämtlichen Lehnen. Die Schlangen hatten ihren Untergang in den Flammen gefunden, wohl auch ihr König; denn man hat nichts mehr von ihm gesehen. Wo nur seine Krone hingekommen sein mag; denn bis zum heutigen Tag fand man sie nicht, trotzdem man nicht aufgehört hat, sie zu suchen. Der Berg aber, gedüngt von der vielen Asche, überzog sich bald mit neuem, üppigem Anflug, und heute bedeckt ihn abermals ein schöner gemischter Wald.

Der Boden, wo du jetzt wandelst, lieber Leser, ist geschichtlich interessant; du hast ihn schon in Kruhberg betreten, dann aber wieder verlassen: du befindest dich nämlich hier auf ehemaligem »künischem« (königlichem) Freigebiet. Dieses Gebiet umfaßt acht Gemeinden des sogenannten königlichen Waldhwozd, welche sich bis zum Jahre 1848 bedeutender Privilegien zu erfreuen hatten. Es waren dies die Gemeinden St. Katharina, Hammern, Eisenstraß des jetzigen Neuerner, Seewiesen, Künisch Heidel, Stadeln des Hartmanitzer, Stadler Anteil oder Rehberg und Stachau des Bergreichensteiner Bezirkes. Mit Ausnahme der südlichsten dieser Gemeinden, Stachau, die fast ganz böhmisch ist, sind die übrigen sämtlich deutsch. In den nördlichen dieser Gemeinden, die dem Verkehr mit der übrigen Welt mehr erschlossen sind, hat sich die Erinnerung an die früheren Privilegien schon ziemlich verwischt, in

Schwarzer See

den südlichen, namentlich in Rehberg und Stachau, ist sie jedoch noch sehr frisch geblieben. Letzteres führt im Gemeindesiegel noch immer die Worte: Královská frejrychta Stachovská.

Über dem Ursprung dieser Gemeinden schwebt manches Dunkel, das vielleicht nie gelichtet werden wird. Ich will mich vorderhand über diesen Gegenstand in keine weiteren Erörterungen einlassen, da ich nicht imstande war, mir Quellen darüber zu verschaffen, und die verschiedenen Traditionen denn doch zu unhaltbar sind. Doch will ich die Sache nicht als aufgehoben, sondern bloß als aufgeschoben ansehen und werde nicht ermangeln, bei einer späteren Gelegenheit auf diese Frage zurückzukommen. Der Privilegien gab es mancherlei. Im wesentlichen waren es folgende: Die Gemeinden waren frei, die Insassen niemandem untertan. Sie verwalteten sich autonom und stand einer jeden ein Richter, der sogenannte Freirichter, vor; darum führte auch jede Gemeinde den Namen königl. Freigericht. Als obere Instanz fungierte der gleichfalls frei gewählte Oberrichter von Seewiesen. Dieser sowie die Richter der einzelnen Gemeinden waren einfache, schlichte Bauern, von denen man keine weitere Gelehrsamkeit forderte; kam es doch häufig genug vor, daß diese Magistratsperson weder lesen noch schreiben konnte.

Abgaben zahlten diese Freibauern keine; der Ertrag ihrer Wälder reichte aus, um die Gemeindeauslagen zu bestreiten; desgleichen waren sie vom Militärdienst befreit, doch hatte der Richter das Recht, ein fremdes oder ein heimisches Individuum, das sich als gemeinschädlich erwies, einfach bei Nacht und Nebel abfassen und ohne weiters nach Pisek abführen zu lassen, wo es, wenn diensttauglich, auf 14 Jahre unters Gewehr mußte.

Dieses bedenkliche Recht des Richters ist wiederholt zu Willkürakten mißbraucht worden, denn seinem Ermessen lag es ob, zu entscheiden, wer gemeinschädlich sei. Ich werde übrigens gleich ein Beispiel erzählen.

Jagd und Fischerei war frei, wahrlich nicht zum Vorteil der ersteren, denn Rehe gab's nie viele in den Gemeindewäldern, um so mehr Raubzeug.

Die Freibauern hatten auch das Recht, eine gewisse Anzahl Vieh den ganzen Sommer über in den fürstlichen Waldungen weiden zu lassen. Noch heute werden Ochsen, Stiere und Jungvieh zu Johanni in die Wälder getrieben und verbleiben dort bis Michaeli. Freilich besteht der Trieb nicht mehr zu Recht und ist es der gute Wille des Fürsten Schwarzenberg, der es gestattet.

Für diese und andere Rechte, die ich hier übergehe, hatten die Insassen der Freigerichte die Pflicht, die Grenze gegen etwaige feindliche Einfälle zu verteidigen und sich nötigenfalls dem Kommandanten der kais. Grenzjäger – einem nunmehr aufgelösten, streng militärisch organisierten Finanzaufseherkorps – zur Verfügung zu stellen.

Es mochte gegen Ende der dreißiger Jahre sein, als eines schönen Tages der Sohn eines armen Häuslers, der, wenn ich nicht irre, in Wien studierte, zu den Ferien nach Rehberg kam. Besagter Student – nennen wir ihn Georg – war ein aufgeweckter junger Mann, voll Laune und lustiger Streiche; kam er abends ins Wirtshaus, so gab's gewiß eine Hauptthetze. Eine solche kam auch am Abend vor dem 15. August – dem »großen Frauentag«, wie die Leute diesen Tag nennen – zustande. Auf diesen Tag fällt das Kirchenfest, und da muß es ja ohnehin lustig zugehen.

Im Gasthaus bei der Kirche saßen die Gemeindehonoratioren – der Richter natürlich auch mit –, und Georg ließ seine Witze springen. Gespräch hin, Gespräch her, ich weiß nicht, wie man auf die Gasbeleuchtung zu reden kam, die damals erst hie und da in Einführung begriffen war. Der Richter, der über das Wesen dieser Neuerung, die er in seiner Weisheit a priori in den schärfsten Ausdrücken verdammte, nicht die blasseste Ahnung haben mochte, denn er hatte in seinem Leben neben dem damals gebräuchlichen Buchenspan höchstens eine Unschlittkerzenbeleuchtung gesehen, sprach konsequent »Goasbeleuchtung« (Goas = Geiß, Ziege). Das war ein Lichtstrahl für Georg. Er band dem Richter ungeheure Bären auf, sprach von satanischer Tierquälerei, so daß der Richter auf den Gedanken kommen mußte, man verbrenne unglückliche Ziegen bei lebendigem Leibe. Diesem Gedanken gab er auch zu nicht geringem Ergötzen des anwesenden Schullehrers und des Kaplans Ausdruck, und weiß Gott, wie lange der Spaß gedauert hätte, wenn nicht ein zufällig eingetretener Grenzjäger, der wahrscheinlich in dieser Gesellschaft sein Licht leuchten lassen wollte, den Richter aufgeklärt hätte. Als dieser sich gefoppt sah, geriet er in namenlose Wut. Ein Hagel von Schimpfworten und Drohungen ergoß sich über das Haupt des Studenten, der sich zwar bemühte, den Erbosten zu besänftigen, indem er die Sache als einen unschuldigen Scherz darstellte, endlich aber, als der Richter in seinem Toben immer weiter ging und immer gröber wurde, auch die Geduld verlor und diesem entgegendonnerte: »Es ist ohnehin eine Schande für das ganze Gericht, einen Richter zu haben, der nicht einmal schreiben kann und dem sein Weib die Hand führen muß, wenn er unter irgend etwas seinen Namenszug setzen will.«

Das war wahr, und jedermann wußte es, obgleich der Richter stets sorgfältig bemüht gewesen war, diesen kleinen Mangel seiner Befähigung vor den Augen seiner Gemeindeangehörigen zu verhüllen.

»Das ist eine ganz niederträchtige Lüge von diesem Lausbuben!« brüllte er.

»Beweiset sie, Richter, schreibt mal Eueren Namen vor uns allen auf«, höhnte Georg.

Damit hatte er dem Fasse den Boden ausgeschlagen. Einen Moment hatte es den Anschein, als wolle sich der Richter auf den Verächter seiner Autorität stürzen; er bezwang sich jedoch, nahm Stock und Hut und verließ mit einer Drohung auf den Lippen die Gaststube.

Einige der Gäste lachten, andere schüttelten bedenklich den Kopf; die Gesellschaft trennte sich erst spät in der Nacht.

Der Frauentag verging in gewohnter Weise und noch zwei oder drei Tage. Da kam eines Abends atemlos ein Bauer in Georgs Elternhaus. Der Student machte sich eben zum Ausgehen fertig.

»Georg!« rief der Bauer. »Georg, wart einen Augenblick; ich habe dir etwas mitzuteilen. Heut nacht sollst du abgefaßt werden; mach, daß du fortkommst. Der Richter hat's auf dich abgesehen.«

Dem jungen Mann war der Gebrauch des Soldatenpressens nicht unbekannt; dennoch zweifelte er einen Augenblick. Er war doch nicht gemeinschädlich; einen solchen Gewaltakt würde der Richter doch nicht wagen.

»Wo willst rekurrieren?« fragte der Bauer. »Ich kann dir nur raten, augenblicklich zu fliehen. Du kennst den Richter nicht. Wenn er dir auch die ›Goasbeleuchtung‹ verziehe, das schenkt er dir niemals, daß du ihn als schreibunkundig hingestellt hast.«

Georg entschloß sich zur Flucht. Er wählte die verstecktesten Pfade und erreichte binnen einer Stunde das Bergreichensteiner Gebiet, wo die Macht des Richters aufhörte.

Es war höchste Zeit gewesen. Als die Nacht hereinbrach, wurde es im Wald um das einzeln stehende Haus lebendig. Einige Bauern und zwei Grenzjäger umstellten das Haus. Der Richter und zwei Begleiter öffneten die nur angelehnte Türe – hier wird nichts zugesperrt – und traten ohne Umstände ein.

»Wo ist Georg?« fragte er den Alten, der ihm mit einem brennenden Buchenspan entgegentrat.

»Er ist fortgegangen; wohin, weiß ich nicht«, lautete die Antwort.

»So? Fortgegangen? Wir werden sehen.«

Das ganze Haus wurde in allen seinen Winkeln durchstöbert; selbst das Heu wurde übereinandergeworfen, natürlich ohne Erfolg. Fluchend entfernte sich endlich der Richter; Georg war offenbar gewarnt worden. »Ich werde dich schon noch kriegen!« murmelte er.

Er bekam ihn indessen nicht; denn Georg hatte in Hurkental bei den Abeles eine Zuflucht gefunden. Als etwa vier Wochen später der Richter nach Seewiesen ging, begegnete er dem Rebellen, der ihn höflich grüßte. Da der junge Herr Abele mitging, mußte der Richter noch gute Miene zum bösen Spiel machen und den Gruß erwidern. Solange indessen seine Herrschaft währte, wagte Georg es nicht, das Gebiet des erbitterten Dorfpotentaten zu betreten.

Wir werden uns einige Tage hier aufhalten, lieber Leser, denn hier gibt es noch manches, was dich interessiert, Gegenwärtiges und Vergangenes. Ich empfehle dir das Gasthaus des Herrn Weber oder das des Herrn Hoffmann bei der Kirche, du wirst dort nicht schlecht aufgehoben sein, wenn du nicht zu große Ansprüche machst. Bescheiden mußt du allerdings sein, denn du bist hier an der Grenze der bewohnten Welt, tief drinnen in der alten Šumava.

Drittes Kapitel

Der Borkenkäfer und die »Käferzeit« – Die Schachtelei
Ein Spaß – Annamirls Größenwahn – Schnee und Pest
Die Vincenzsäge und Unterreichenstein

Das Jahr 1870 brachte eine Katastrophe, welche alle Verhältnisse änderte: die Borkenkäferkalamität, von welcher wir gelegentlich noch sprechen werden. Diese Kalamität betraf den ganzen Böhmerwald und schädigte unser Nachbarland Bayern ebensosehr wie Böhmen. Wer in den Jahren 1872 bis 1874 unser Gebirge berührte, dem mußten die schrecklichen Verheerungen dieses entsetzlichen Waldfrevlers auffallen. Grün und dunkel standen sie heute da, die herrlichen Fichten: da fingen sich die Nadeln an den Spitzen zu röten an, zuerst oben, dann allgemach immer weiter herab. Schließlich wurden sämtliche Nadeln rot und begannen abzufallen. So weit das Auge reichte, ganze Bestände, alt und jung, alles nahm diese verhängnisvolle Rostfarbe an, auch das grüne, üppige Moos, das von den herabfallenden Nadeln buchstäblich begraben wurde. Ein ungemein trauriger Anblick!

Hin und wieder ragte eine grüne Buche oder ein breitblättriger Ahorn aus diesem Meer von Rot und wiegte leise das dicht behängte Haupt, wie trauernd um die sterbenden Genossen.

Tag und Nacht hallten die Axtschläge, loderten die Flammen empor, widerhallte Fels und Berg von dem Knallen der Peitschen der Fuhrleute und dem Dröhnen der über die Hänge zu den Wasserläufen und Schwellen hinpolternden Stämme. Ein ungewohntes Leben in diesem stillen, menschenleeren Dome der Natur!

Fürst Schwarzenberg und die Stadtgemeinde Bergreichenstein wandten sich an die Regierung um Hilfe; es ist mir nicht mehr genau erinnerlich, wer um Militär bittlich wurde. Hilft ja doch das Militär bei allen allgemeinen Katastrophen, bei Bränden, Überschwemmungen und dergleichen, und das war doch eine allgemeine Not von ganz imminenter Qualifikation. Baron Koller soll dem Bittsteller geantwortet haben, daß das Militär zu ganz anderen Dingen da sei als zum Abrinden von Baumstämmen.

Da die einheimischen Arbeitskräfte durchaus nicht ausreichten, sah man sich gezwungen, italienische Arbeiter zu Hilfe zu rufen, welche auch zu Hunderten erschienen.

Die »Käferzeit«, wie die Leute jene unglückselige Epoche nannten, brachte momentan viel Arbeit und viel Geld in dem Böhmerwald. Die Arbeiter wurden gut gezahlt, die Bauern bekamen Geld für die Stämme, wenn diese auch zu einem wahren Spottpreis bezahlt wurden; denn früher brachten sie dieselben gar nicht an, da erst die Not zwang, Wege zu bahnen. Auch verdienten sie viel Geld für gestellte Bezüge. Die Unmasse geschlagenen Holzes lockte die Holzhändler heran, die sich da sammelten wie Geier um ein totes Tier; kurz, es entstand ein nie dagewesenes Leben. Mancher Bauer sah in einem Monate mehr Geld als früher in seinem ganzen Leben. Man muß heutzutage lächeln, wenn man hört, wie die Leute die »Käferjahre« als eine Art goldenen Zeitalters preisen, wo es allen so gut ging. Eine Folge dieses Geldzuflusses wieder war es, daß die Wirtshäuser gute Geschäfte machten, daß sie sich vermehrten wie Pilze nach einem Regen, daß ein unerhörter Übermut und eine kopflose Verschwendung Platz griffen.

Klattau

Die Leute gewöhnten sich an die üppigen Sonn- und Feiertage, und als das Holz aufgearbeitet, verfrachtet und fortgeschwemmt war und der Verdienst aufhörte, fiel es ihnen schwer, zu ihrem früheren Leben zurückzukehren, zumal die Wälder devastiert waren und keinen Ertrag mehr abwarfen. So wurden denn »Bankgelder« aufgenommen, Wucherschulden kontrahiert, und jetzt ist der Katzenjammer da. Ein Hof nach dem andern wird verkauft, die Bettler nehmen überhand, und der Auswanderer wird Legion. Der vorige Winter hat Illustrationen hiezu in Fülle geliefert.

Da die frühere Regierung einsah, daß für den Böhmerwald doch etwas geschehen müsse, so entsendete sie den Herrn Hofrat Exner aus Wien, über dessen Enquête seinerzeit viel geschrieben und geredet worden ist. Ich zolle hier der persönlichen Liebenswürdigkeit und dem guten Willen des Herrn Hofrates meine volle Hochachtung, bin auch überzeugt, daß die zu Bergreichenstein und zu Wallern errichteten Fachschulen sich in der Zukunft segensreich erweisen werden – doch gut Ding will Weile –, wir sind ein wenig stark konservativ und gar so abgeschieden vom Weltverkehr.

Doch ich bin ein einfacher Feuilletonist und will mich in keine weiteren Erörterungen über diese Dinge einlassen, mir genügt es, sie angedeutet zu haben.

Ich führe dich, lieber Leser, wieder in den Wald, und zwar zuerst in die sogenannte Schachtelei; ein Marsch von etwas über einer Stunde führt dich von der Rehberger Kirche aus in die tiefe Schlucht, welche der südliche Quellfluß der Wotawa sich zwischen den gewaltigen Urgebirgsmassen ausgehöhlt hat. Die schroffen Hänge links und rechts sind zum Teil noch von schönen Wäldern bestanden, in welchen der Borkenkäfer und die Axt allerdings schon große Lücken gerissen haben. Unten braust der Fluß meilenweit hörbar, seine klaren Wellen schäumend und brüllend an den zahllosen mächtigen Felsblöcken brechend, die sein Bett ausfüllen. Die braune, an tiefen Stellen purpurschwarze Flut scheint aufgelöst in silbernen Schaum, die mächtigen Geröllstücke sind oft kugelförmig abgeschliffen und sonderbar ins Innere hinein ausgewaschen, wie etwa die Salzachöfen oberhalb Golling in der Nähe des Paß Lueg. Man kann sich keinen Begriff machen von dem Toben und Brüllen der Wasser, wenn im Frühjahr das Bett des Flusses gefüllt ist und die oberen Schleusen geöffnet werden zum Zwecke des Scheiterholztriebes. Das Bild ist überwältigend in seiner großartigen Schauerlichkeit.

Mit langen Spießen bewaffnet, folgen die Holzknechte zu beiden Seiten des Flusses den treibenden Scheitern, um diejenigen abzustoßen, die das Wasser an den Strand wirft. Schmal und gefährlich ist der Pfad, an dem nassen Ufergestein haftet kaum der suchende Fuß, und wehe dem Unglücklichen, den ein Fehltritt in den kochenden Brodel schleudert. Er findet wohl kaum Zeit zu einem Hilferuf. Alljährlich ereignen sich solche Unfälle und vermehrt sich die Zahl der Opfer der Wotawa, die der Volksglauben auf neun jährlich festsetzt. Ich glaube eher, daß die Zahl zu niedrig als zu hoch gegriffen ist, denn auch unter den Flößleuten sucht sich der Fluß alljährlich seine Opfer, namentlich in seinem oberen Lauf, wo die Flöße häufig genug zerschellen.

Die Schachtelei zieht sich wohl anderthalb Stunden weit von der sogenannten Bruckmühle bis gegen die Bifurkation der Wydra unterhalb Mader hinauf. Das Tal, häufig zur Schlucht eingeengt, folgt den mannigfachen Windungen des Flusses und eröffnet mit jedem Kilometer Weges neue, ungeahnt romantische Perspektiven. Links erhebt sich schroff und steil der Schlösselberg, dessen Gipfel von mächtigen, zinnenartig sich türmenden Granitblöcken gekrönt wird, die, selbst aus nächster

Nähe betrachtet, einer alten Ruine gleichen und dem Berg sowie den dahinter sich weithin erstreckenden Forsten und den spärlichen Ansiedelungen darin den Namen Schlösselwald gegeben haben. Rechts ist der Abfall weniger steil und führt eine Strecke längs des Ufers eine gebahnte Straße. Hier, lieber Leser, bist du im Waldgebiet der königl. freien Goldbergstadt Bergreichenstein angelangt, ein Gebiet, das reichlich 9000 Joch Waldung in sich schließt, den mächtigen Antigel, an dem du vorüber mußt, um in die »Gefilde« zu gelangen, mit inbegriffen.

Tief unten, im Tal der Schachtelei, stand vor Jahren – ich habe es noch gesehen – ein einfaches, morsches Holzkreuz. Eine fromme Hand hatte es hier aufgestellt, wohl zwanzig Fuß über den tosenden Wassern, zum Dank der gütigen Vorsehung, die schützend hier gewaltet.

Hoch oben am »Schlössel« hatte sich eine Gesellschaft übermütiger Bauernburschen eingefunden, die hinabsahen in die wohl dreihundert Meter tiefe Schlucht. Die untergehende Sonne vergoldete die Kuppeln der Berge, unten im Tale lag bereits graue Finsternis. Der matte Schein eines Feuers drang herauf zu der johlenden und lärmenden Schar. Einige Holzknechte hatten es unten angezündet und bereiteten sich daran ihren Schmarren. Müde von des Tages Anstrengung, lagerten die armen Teufel im Grase.

»Höre, Hannes«, sprach oben einer, »wie wäre es, wenn wir von hier ab einen tüchtigen Stein herabrollten? Die sollten Füße kriegen, die da unten.«

»Laß das, Sepp«, warnte der Angeredete, »du könntest einen erschlagen; sie haben dir ja nichts getan.«

Andere mischten sich ins Gespräch. Der tolle Einfall, die unten lagernden, nichts ahnenden Holzknechte durch einen hinabgerollten Stein zu erschrecken, fand

Beifall, und trotz der Warnung der Besonnenen schritt man sogleich zur Ausführung. Ein wohl zehn Zentner schwerer, loser Block lag hart am Rande; sie brauchten sich bloß anzustemmen, und er mußte hinabrollen, unaufhaltsam, alles zermalmend.

Und sie stemmten sich an. Langsam neigte sich der Stein, rutschte einen halben Schuh weit und blieb dann wieder liegen; eine Baumwurzel hatte ihn festgehalten. Umsonst. Die rüden Gesellen schoben und drängten ihn weiter. Abermals machte der Stein eine Wendung, dann noch eine, dann einen Sprung, dann noch einen – und krachend sauste er hinab den Hang, junge Bäume abknickend, kleine Steine loslösend, prasselnd wie ein Hagelwetter, donnernd, sausend.

Da blickten die Männer unten auf – ein vielstimmiger Schrei des Entsetzens gellte durch die Luft. Der Stein war im Fallen gegen die Felsen geprallt und hatte sich in drei oder vier Trümmer zerschellt, die nun, jedes für sich donnernd, in Sätzen, kleines Gestein wie eine Lawine mit sich fortreißend, talab polterten. Entsetzen lähmte die bedrohten Holzknechte; um ihre Köpfe knatterte es gleich einem platzenden Schrapnell. Es war ein wahres Wunder, daß keiner verletzt wurde. Die aber, die oben so mutwillig die Gefahr über sie beschworen, flohen entsetzt, als sie sahen, was sie angerichtet.

Die durch den wunderbaren Schutz der Vorsehung Geretteten richteten das erwähnte Kreuz unter dem Felsen auf, das lange Jahre da stand, bis es endlich morsch wurde und zerfiel; ein kaum noch bemerkbarer Holzstumpf ist das einzige, was davon übriggeblieben. Die es aufgestellt, sind alle schon dahingeschieden, und die Epigonen haben darauf vergessen.

Das Annamirl (Anna Maria) war ein bildsauberes Kind, drall und rot, schwarzäugig und lustig wie nur ein echtes Gebirgskind. Dem schlanken Sepp aus den Talhäusern, der eigentlich ein armer Teufel war, aber arbeiten konnte wie nicht leicht ein zweiter, hatte sie's angetan, denn er liebte sie rein zum Rasendwerden. Und sie? Nun, sie liebte ihn eigentlich auch, aber sie wußte es nicht so recht, denn sie war eine rechte Evastochter, der es wohltat, wenn zwanzig Männer schier verrückt hinter ihr drein waren, eine veritable Dorf-Célimène nach Molières Schlag. Nur war der Sepp kein Misanthropentypus, der sich gegen die Extravaganzen seiner angebeteten Schönen aufgelehnt hätte, sondern, so unbändig und tollkühn er sonst sein mochte, ihr gegenüber ein willenloser Sklave, der imstande gewesen wäre, ihr die Anbeter selbst zuzuführen, nur um durch ein freundliches Lächeln des Dankes belohnt zu werden.

Wer könnte sagen, was für Gedanken und Träume durch das Köpfchen der kleinen Waldkokette zogen; so viel jedoch ist gewiß, daß ihr eine Art Größenwahn die Sinne verrückte. Försterin am Antigel, in Prüstling oder sonstwo zu werden, das schien ihr ein königliches Glück, dem sie sogar den Sepp geopfert hätte. Und warum sollte so eine Herrlichkeit nicht zu erreichen sein? Berichteten nicht die vielen Märchen, welche die alte Na'l (Großmutter) am Spinnrad erzählte, von Bauerndirnen, die Königinnen geworden waren? Warum sollte sie nicht Försterin werden? Sauber genug war sie ja! Und da kam einer, der sie wohl so hoch erheben konnte, ein Jägerbursch aus dem Fürstlichen; der sagte ihr allerhand Schönheiten, und schmuck war er auch. Wenn er auch noch einige Zeit warten mußte, es konnte doch nicht fehlen. Und prüde war das Annamirl auch nicht; blieb er einmal aus, so wußte sie, wo er zu finden war, und sie fand ihn auch. Der Sepp aber, der schlich nach; er dachte so bei sich, daß die Sache vielleicht übel enden könnte, denn er traute einmal den Jägern nicht, und gar dem! *Der* gerade hatte einmal auf einen Burschen geschossen, der nichts getan, als daß er eine Fichte anpechelte (anhieb, um das herauslaufende Pech zu sammeln). Wegen einer Fichte! Die faulten damals zu Hunderttausenden im Walde!

Da wurde der Jägerbursch wirklich Förster, freilich irgendwo drinnen im Wald, weit von jeder menschlichen Gesellschaft. Förster im Wald – das heißt, acht Monate des Jahres ein förmlicher Arrestant. Doch Förster wurde er, und das Annamirl hatte es kaum erfahren, als sie ihm entgegeneilte. Die Zeit war gekommen, wo er seine feierlichen Schwüre einlösen sollte. Er löste sie sonderbar ein, indem er das arme Annamirl buchstäblich fortjagte. Gebrochen an Leib und Gemüt eilte sie hinab in die Schachtelei. »Die Schand! Die Schand!« – jammernd rang sie die Hände. Das Wasser rauschte, es war tief, tief, es verdeckte die Schande und schwemmte sie fort. »Heilige Maria, du liebe Frau!« – es brauste auf, und die schönen schwarzen Haare tauchten empor über den silbernen Wirbeln. – Da sprang eine dunkle Gestalt mit mächtigem Satz auf einen gewaltigen Block mitten im Wasser und bückte sich tief hinab. Und es gelang. Der treue Sepp hatte der Wydra ihr Opfer entrissen, ehe der schäumende Strudel es forttrug. Mit Lebensgefahr brachte er die Ohnmächtige an sicheren Stand und gab sie dem Leben zurück.

»Ach, Sepp! ach, Sepp! hättest du mich sterben lassen. Er hat mich verführt!«

Und der Sepp drückte die Gerettete an sein Herz. »Dir soll deine Ehre wiedergegeben werden. Werde mein Weib! Wir bringen uns redlich durch.«

Sie aber wurde sein Weib, und sechs Söhne und ebenso viele Töchter entsprangen dieser Ehe. Als sie herangewachsen, halfen sie alle dem Vater bei der Arbeit, und die vielen Kinder wurden ihm zum Segen. Alle halfen verdienen, und Sepp, der arme Holzhauer, kaufte den schönsten Bauernhof in der Gemeinde. Annamirl aber blieb ihm ein treues Weib. Jetzt sind beide schon tot, und die Söhne und Töchter prozessieren um das Erbteil, zerstückeln es soviel als möglich und genießen die Segnungen der Freiteilbarkeit der Bauerngüter.

Erinnere dich dieser Geschichten, lieber Leser, wenn du einmal in die Schachtelei kommst; sie sind wahr. Versäume aber ja nicht, dieses Tal zu besuchen; im Sommer läufst du keine Gefahr. Nur laß die Heidel- und Preiselbeeren lieber in Ruhe, das rate ich dir, denn hier gibt es ziemlich viel Kreuzottern, und alle Jahre kommen Unglücksfälle vor. Die betreffen aber nur beerensuchende Weiber und Kinder, und wenn auch eins davon manchmal gebissen wird, darum sinken oder steigen die Preise an der Preiselbörse zu Hartmanitz noch nicht.

Ich kann, lieber Leser, die Schachtelei mit dir noch nicht verlassen, ohne einige allgemeine Bemerkungen daran zu knüpfen. Dies ganze Tal ist völlig unbewohnt, ebenso die Hänge, ein Bild weiter, herrlicher Einsamkeit, in feierliche Ruhe gehüllt, die nur das Brausen des Flusses, das Zwitschern einzelner Vögel und das ferne Läuten des weidenden Viehes unterbricht.

Ob's wohl immer so war?

Ich vermag's dir nicht zu künden, lieber Leser; ich weiß bloß, daß diese Gegenden vor 20 und mehr Jahren noch viel öder waren, daß die Fichten höher und dichter standen und daß noch weit weniger Leute sich hieher verirrten. Keine Überlieferung, nicht einmal eine Sage gibt Kunde, daß einst Menschen hier wohnten.

Vor einigen Jahren nun wurde hier irgendwo gegraben, und da kam man auf auffallend zahlreiche Knochenreste; man fand auch Waffenstücke, Sporen u. dgl. Ich habe nichts von allem dem gesehen, vermag also nicht einmal Vermutungen aufzustellen. Nach der Beschreibung der Leute scheinen jedoch die gefundenen

Gegenstände dem 17. Jahrhunderte anzugehören. Ich bemerke hier bloß, daß es ja eine bekannte Tatsache ist, daß nach der Schlacht am Weißen Berge, respektive nach der blutigen Einnahme von Pisek und Prachatitz, das evangelische Bekenntnis sich am längsten in der Schüttenhofner Gegend erhalten hat; um es hier gänzlich auszurotten, wurde eben das Kapuzinerkloster in Schüttenhofen gegründet. Wäre es nicht möglich, daß die Ausrottung dieses Glaubensbekenntnisses auch hier nicht ohne Kämpfe bewerkstelligt wurde? Wer sagt uns, ob nicht vielleicht die Reste der Flüchtigen, die sich in die stillen Urwälder an der Wydra zurückgezogen, hier von ihrem Schicksal ereilt und niedergehauen worden oder durch ein Naturereignis ums Leben gekommen sind? Wie schauerlich die entfesselten Kräfte der Natur hier im Gebirg oft hausen, dessen habe ich bei Erwähnung der Borkenkäferkalamität schon gedacht. Ich will an dieser Stelle noch von einem anderen Ereignis berichten, das sich tief meinem Gedächtnisse eingeprägt hat.

Wenn du, lieber Leser, bei der großen Holzsäge des Herrn Bubeniček, genannt Vincenzsäge, die Wydra überschreitest, so gelangst du nach Erklimmen der Höhen am rechten Ufer des Flusses in die Häusergruppe Hirschenstein, die wieder einen Bestandteil der großen, aus zerstreuten Ortschaften bestehenden Gemeinde Ziegenruck bildet. Die Insassen derselben waren nicht mehr »künisch«, sondern Untertänige der Stadt Bergreichenstein.

Einzelne Ortschaften dieser Gemeinde nun waren während eines strengen Winters zu Anfang der fünfziger Jahre – ich weiß nicht mehr genau, in welchem Jahre dies gerade war – der Schauplatz entsetzensvoller Begebenheiten.

Auf einen milden, ausnahmsweise lang dauernden

Katen in Eisenstein

Herbst hatte plötzlich ein unerhört schneereicher Winter eingesetzt. Es war, als wäre des Schneefalls kein Ende; bald kam's herab, ruhig, unheimlich, geräuschlos, in mächtigen Flocken, »in Leintüchern«, sagten die Bauern, endlos fort, die Bäume mit ungeheurer Last bedeckend, so daß die Äste brachen; dann erhoben sich wieder arge Stürme, die den lockeren Schnee klafterhoch zusammenstöberten. Dann taute es, fror von neuem, schneite wieder, endlos, als fiele der ganze Himmel, in ein einziges großes Leichentuch verwandelt, herab, die tote Erde zu verhüllen.

So wurden einzelne Ortschaften buchstäblich eingeschneit; die Leute mußten mit unendlicher Mühe förmliche Tunnels graben, um nur zu den Brunnen und zu den Ställen zu gelangen.

Eingeschneit! Denke darüber nach, lieber Leser. Ein Kind wird krank. Keine Möglichkeit, einen Arzt, eine Arznei zu holen! Ein alter Mann stirbt: die Tröstungen der Religion mußten ihm versagt bleiben; drei – vier Wochen liegt die Leiche im Hause! Wo ist der Weg, nach Unterreichenstein zum Pfarrer zu gelangen? Unmöglich! Klafterhoch liegt der Schnee; Wände von Schnee türmten sich auf; tiefe Schlünde sind verschüttet, und betritt sie der eilende Fuß, so sinkt er hinab mit der trügerischen Decke in ein kaltes, taubes Grab!

Und wo Brot hernehmen? Es sei bemerkt, daß die Bauern hier oben lange nicht genug Getreide für ihren Bedarf haben. So war's auch in jenem Jahr in Ziegenruck. Als das vorrätige Korn zu Ende ging, griff man zum Hafer und dann zu verschiedenem Hintergetreide voll Lolch und Raden. Ein giftiges Brot!

So ging's drei lange, lange Monate hindurch. Keine Seele war während dieser Zeit aus den verschneiten Ortschaften herausgekommen, ebensowenig fand ein Fremder Zutritt. Da kam endlich im Feber das Tauwetter, und unendliche Fluten schmutzigen Wassers stürzten herab vom Gebirge, die Wotawa füllend und weiter unten im flachen Land verheerend und zerstörend.

Und zugleich mit den Fluten des Hochwassers kamen erst unbestimmte, dann immer greifbarere Nachrichten von einer schrecklichen Epidemie oben in den Bergen, von Hungersnot und Wahnsinn.

Eine ärztliche Kommission begab sich hinauf.

Hohläugige Gesichter starrten aus den Fenstern und Türen, zu Skeletten abgemagerte Gestalten schwankten wie Phantome der Kommission entgegen. Und was die Häuser und Hütten in ihrem Schoße bargen, das zu sehen ließ selbst den abgehärtetesten Ärzten die Haare zu Berge steigen.

Da war keine Wohnung ohne Leiche; in mancher lagen drei, vier. Man müßte die Feder Edmondo de Amicis haben, um dieses namenlose Entsetzen zu schildern.

Die Bauern hier oben scheinen das Fenster für eine Art Tor zum Janustempel zu halten, das unter keiner Bedingung geöffnet werden darf, so daß im Winter eine Bauernstube hier oben dem Innern einer Eskimohütte gleicht, voll Unreinlichkeit, voll Dampf, die Temperatur eines Schwitzbades!

Das alles, die schlechte Nahrung, die Unmöglichkeit ins Freie zu gelangen, hatte eine Art Hungertyphus erzeugt, ein bösartiges, exanthematisches Fieber fauligen Charakters, das Opfer um Opfer verlangte. Der Überlebenden hatte sich eine Art Stumpfsinn bemächtigt; sie nahmen sich oft nicht einmal die Mühe, die Leichen aus dem Zimmer zu schaffen, wo sie dann in dieser Treibhausatmosphäre ihrer Zersetzung verfielen! In anderen Fällen hatte man sich damit begnügt, die Verstorbenen vor oder hinter das Haus zu tragen, soweit der Schnee es gestattete, und dort ließ man sie liegen.

Lieber Leser, du erinnerst dich vielleicht eines Bildes,

welches eine Szene aus der Pestepoche in Wetljanka an der Wolga veranschaulicht, wie Kosaken mit verbundenem Mund Häuser und Gerätschaften verbrennen, um der Ansteckung Einhalt zu tun. Ähnliches mußte hier geschehen. Fast alle Einrichtung, namentlich Betten und Strohsäcke, wurde verbrannt, die Häuser mußten in- und auswendig neu getüncht werden.

Die Ärzte taten, was in ihren Kräften stand. Kollekten wurden überall eingeleitet, und ganze Wagenladungen frischer Lebensmittel wurden heraufgeschafft. Die Stadt Schüttenhofen und die Gutsbesitzer der Umgebung erschöpften sich in Wohltaten. Möge hier, nach langen Jahren, dankbar des Guten gedacht werden.

Doch fort, lieber Leser, mit diesen grausigen Bildern; kehre mit mir zurück zur goldtragenden Wydra und folge mir talab. An dem Punkte, etwa drei viertel Stunden unterhalb der Schachtelei, wo die Wydra mit dem von Nordwest kommenden Kießlinger sich vereinigt, steht die bereits erwähnte große Brettsäge des Herrn Vincenz Bubeniček. Der alte, freundliche Herr, der jedem seine Tür gastlich öffnete, ist tot! Ich will hier von meinen persönlichen Gefühlen des Dankes für alles Liebe, was ich hier genossen, nicht weiter reden, kann jedoch nicht umhin, ganz objektiv einige Worte über die Bedeutung und Geschichte dieses Industrialetablissements, das leider heute stillsteht, einzufügen.

Herr Bubeniček war mit dem einstigen Smichower Bürgermeister Herrn Fischer der erste, der einen direkten Holzhandel aus dem Böhmerwalde mit Hamburg ins Leben rief. Er war es, der die seither so bedeutende Holzflößerei auf der Wotawa in Schwung brachte, zu welchem Zwecke er den Fluß zwischen seiner Säge bis Unterreichenstein hin regulieren ließ, eine Leistung, von deren Schwierigkeit man sich nur dann einen Begriff machen kann, wenn man den Fluß vor derselben gesehen hat. Dieselben gewaltigen Felsenmassen erfüllten ihn einst, die wir bereits in der Schachtelei kennengelernt haben. Jetzt ist er für Flöße befahrbar, muß jedoch bei niedrigem Wasserstande durch Schwellen gespeist werden. Gefahr- und mühelos ist freilich die Fahrt keineswegs.

Wer in Prag den Bubeničekschen Holzgarten kennt, wird sich eine Idee machen können von der einstigen Ausdehnung und Bedeutung dieses Geschäftes. Hunderte von Menschen fanden hier oben in diesen armen Gegenden direkt oder indirekt Beschäftigung und Erwerb.

Seit einer langen Reihe von Jahren pflegte der alte Herr den Sommer mit seiner Familie hier zuzubringen, und da fehlte es an fröhlichen Gästen nicht. Er selbst aber war geehrt und geachtet wie ein Vater von der ganzen Bevölkerung an beiden Ufern des Flusses bis weit hinein ins Land.

Ich weiß mich aus meiner Jugend auf den ehemaligen Kompagnon des Herrn Bubeniček, Herrn Löw, zu erinnern. Der hatte einst einen polnischen Burschen, einen gar drolligen Kauz, dessen sonderbares böhmisch-polnisches Sprachkonglomerat uns mitunter zu unbändiger Heiterkeit stimmte. Einst war ich Zeuge von folgendem Gespräch zwischen Herrn und Diener, das gegen 7 Uhr abend an der Türe des Pferdestalles geführt wurde.

Der Herr: Dal jsi koňům obrok?
Der Diener: Co jest obrok, wielmožny pane?
H.: Žrát.
D.: Zrać? Barka niemluwi obrok, kiedy dawa prosientom –
H.: To se říká jen u koňů. Dal jsi jim tedy žrát?
D.: Co bych dal? Kiedy kohut zaspiewa, jak wielmožny pan kazal. Ješče niezapiel do teraz.

Blick auf den Böhmerwald

H.: I ty zpropadený hlupáku! Ráno máš koně krmit, když kohout zazpívá a ted je sedm hodin večer.
D.: Tak, tak, to jen ráno. A večer, to nietrzeba čekać?
H.: Ty jsi ukrutný osel!
D. (mit tiefer, demütiger Verbeugung): Tak jest, wielmožny panie!*

Es muß sich aber niemand denken, daß der betreffende Scapin ein beschränkter Mensch war. Im Gegenteil, er war ein sehr aufgeweckter Bursche und treu und ehrlich; er hatte aber eine förmliche Manie, unter allen Umständen die sonderbarsten Ausreden bei den Haaren herbeizuziehen, wenn er bei irgendeiner Vernachlässigung betroffen wurde.

Doch weiter, lieber Leser. Wenn wir schon bei der Vincenzsäge sind, so wollen wir einen kleinen Abstecher nach Unterreichenstein machen. Das Wotawatal ist reizend und höchst romantisch. Die obere Partie führt den nicht sehr einladenden Namen »Schelmergasse«; ich konnte nicht dahinterkommen, woher dieser Name hergeleitet ist. Die Bezirksstraße, die uns jetzt bequem weiterbefördert, führt uns an interessanten, ruinenhaft geformten Felsenwänden vorüber; die Herstellung der erwähnten Straße war eine zwingende Notwendigkeit

---

* Der Herr: Hast du den Pferden obrok gegeben?
Der Diener: Was ist »obrok«, sehr geehrter Herr?
H.: Fressen.
D.: Fressen? Barka sagt nie »obrok«, wenn sie den Schweinen was gibt.
H.: Das sagt man nur bei Pferden. Hast du ihnen also zu fressen gegeben?
D.: Warum denn? Wenn der Hahn kräht, wie der gnädige Herr befohlen hat. Noch hat er nicht gekräht.
H.: Du verfluchter Dummkopf! Morgens sollst du die Pferde füttern, wenn der Hahn kräht, jetzt ist es sieben Uhr abends.
D.: So, so, nur morgens. Und am Abend nicht warten?
H.: Du bist ein großer Esel!
D. (mit tiefer, demütiger Verbeugung): Ja, gnädiger Herr.

für den immer reger werdenden Verkehr, da der Weg unten im Tal geradezu gefährlich war.

So geschah es vor etwa 20 Jahren, daß ein Bauer aus Rehberg, der mit seinem ziemlich schwer beladenen Wagen des Weges daherfuhr, von einer plötzlich hereinbrechenden Überflutung erfaßt wurde. Mit großer Not gelang es ihm, sich und das eine Pferd zu retten, das andere ertrank und wurde samt dem Wagen von den rasenden Wellen fortgeschwemmt.

Unterreichenstein liegt ungemein reizend tief unten im Tale am rechten Flußufer: links erhebt sich die große Glasfabrik Klostermühle. Es waren hier auch schönere Zeiten, solange die alte Frau Gerstner, verwitwete Lötz, noch waltete. Eine brave, energische und dabei einfache Dame, welche die umfangreiche Fabrik allein mit seltener Umsicht leitete. Drei hoffnungsvolle Söhne waren ihr erblüht: sie alle starben dahin im besten Mannesalter, und einsam blieb die alte Frau zurück, die jeder segnet, der sie gekannt. Im hohen Alter zog sie sich zurück und übergab das Geschäft ihrem Enkel. Heute deckt sie die Erde. Herr v. Spaun, der heutige Besitzer, macht uns Ehre. Auf der Pariser Weltausstellung machten seine Erzeugnisse geradezu Furore. Er ist wohl der erste in unserem Waldgebirge, dessen Brust der Orden der Ehrenlegion schmückt.

Dies Unterreichenstein liegt so geschützt von allen Seiten, daß kein kalter Wind es berühren kann. Es ist merkwürdig, was für herrliches Obst hier gedeiht, selbst Weintrauben kommen zur Reife, ganz im Gegensatz zu dem kaum drei Kilometer entfernten Bergreichenstein, dessen einziges und edelstes Obst – wie böse Zungen behaupten – Vogelbeeren sein sollen.

Als ich vor Jahren einst in Sachsen reiste, fragte mich ein biederer Bewohner dieses höflichen Landes, wo ich wohl zu Hause sei. »Im südlichen Böhmen«, antwortete ich. »Nu, erlauben Sie mal, da muß ja schon ein warmes Land sein; da reifen wohl schon die Apfelsinen im Freien?« O Apfelsinen des Böhmerwaldes, ihr harzreichen Fichtenzapfen, auch die Papageien fehlen euch nicht, die zur Staffage dieses südlichen Bildes gehören, die grünen und roten Kreuzschnäbel, die im Dezember brüten.

Hier unten im Tale tritt auch eine Erscheinung auf, die man oben in den Bergen fast ganz vermißt: der Kretinismus, oder doch wenigstens die entschiedene Neigung zum Blähhals, eine Erscheinung, die uns so ernüchternd entgegentritt in der herrlichen, majestätischen Alpennatur Salzburgs und der Steiermark. Wie grausam werden da die bezaubernden Bilder von lieblichen, gesundheitsstrotzenden Sennerinnen vernichtet! Du lieber Gott, Poesie und Wirklichkeit! Böse Zungen gibt es überall; die der umliegenden Gebirgsortschaften spotten der braven Reichensteiner, indem sie behaupten, daß etwa alle zehn Jahre hier ein Freudenfest abgehalten wird, wenn nämlich wieder einmal ein Unterreichensteiner Stadtkind den Rock des Kaisers anzieht; doch sei dies unter zehn Fällen neunmal der Sohn eines Zugewanderten.

Mein lieber, guter Pfarrer Cimrhanzl, auch dich deckt bereits die Erde, mein treuer Freund, den das Schicksal hierher schlug! Geschmäht haben sie dich und verfolgt, weil sie dein goldenes Herz nicht kannten. Drei, vier Stunden weit mußte er gehen, wenn ein Sterbender ihn rief, in Sonnenbrand und tiefem Schnee, in peitschendem Regen und heulendem Wind, bis seine armen Füße erlahmten und ihn nicht mehr trugen. Möge unsere Erde dir leicht sein und deine Pfarrkinder deiner in Liebe gedenken, wie ich es hier tue.

Doch lang wollen wir ja nicht hier bleiben, lieber Leser; besieh dir die Glasfabrik in Klostermühle, und du wirst unsere Industrie achten lernen, dann aber laß uns umkehren ins Gebirge, nach Rehberg, von wo aus wir noch manchen interessanten Ausflug machen können. Es gibt ja hier nicht viel zu sehen, und die Halden an den Berglehnen, die dir kahl entgegenblicken, sind taubes Gestein, das kein Gold mehr enthält, wie in früheren Jahrhunderten, wo es lebhafter hier zugehen mochte als heutzutage, gleichwie in dem benachbarten Bergreichenstein, das einst König Johann dem Luxemburger 500 bewaffnete Bergknappen zur Verfügung stellen konnte.

Wirf noch einen Blick hinauf aufs »Klapperl« – so heißt der hohe Berg im Nordost – und komm. Links von der Straße, die du gegen Rehberg hin einschlägst, steht auf hoher Steinwand ein hölzernes Kreuz. Diese Wand lenkte einst ein furchtbares Gewitter von der Stadt ab auf sich, und Schlag auf Schlag fuhren die Blitze daran hinunter. Zum Andenken an dieses Gewitter stellte man dort dieses Kreuz auf.

Viertes Kapitel

Aberglauben – Kinitz-Tetau und Mader – Sommergäste im Wald – Urwaldreste – Der alte Holzhauer und seine Erlebnisse

Wir sind nun wieder in Rehberg, lieber Leser, und müssen ein wenig ausruhen von den gestrigen Strapazen. Du kannst dich ein wenig umsehen und dir diese oder jene Geschichte erzählen lassen; treuherzig werden dir die guten Leute entgegenkommen, aber gut aufpassen mußt du, denn der Dialekt ist ein wenig holperig und dem Fremden schier unverständlich.

Da werden sie dir erzählen von der Wilden Jagd, die nächtlich bald hoch in den Lüften, bald tief unter der Erde dahinsaust; doch ist die Auffassung eine andere als die in Bürgers »Wildem Jäger«. Kein Horn tönt, keine Peitsche knallt, kein Horrido und Hussassa, sondern einfach zwei Hunde jagen, des einen Laut ist »klar«, der des anderen »grob« – so sagen wörtlich die Leute. Es gibt hier wenige Menschen, welche diesen Spuk nicht gehört hätten; besonders im März und November macht er sich bemerklich. Wer um jene Zeit draußen war im weiten Wald, der wird in der Tat eigentümliche, bellende, klagende, kreischende Laute zu hören bekommen, und mag er auch frei von Vorurteilen und Aberglauben sein, er wird sich eines gewissen Gruselns nicht erwehren können, selbst wenn er sich zehnmal sagt, daß die verschiedenen Eulen, deren Stimmen sich an den Felswänden brechen, die Urheber davon sind.

Erzählen werden sie dir vor der alten Fuchtel dort

hinten in den Einbauern von Kinitz-Tetau, die – eine böse, übelgesinnte Hexe – es versteht, denjenigen, so bei ihr in Ungnade gefallen, allerhand Ungeziefer auf den Leib zu schicken. Bemeldete Dame ist die Königin aller Wanzen, Schaben etc., die, gehorsam ihren Befehlen, die von ihr Bezeichneten furchtbar martern und sie nicht eher verlassen, als sie hiezu den Abberufungsbefehl erhalten. Eine Kleinigkeit ist imstande, den Zorn der Gefürchteten zu erregen. So gerieten vor einiger Zeit die Mädchen aus der Spunddreherei in Innergefild in nicht geringe Aufregung, weil sie ihr einen Milchtopf zerbrochen hatten. Keine wollte sich zur begangenen Untat bekennen, und jede schob die Schuld auf die andere. Da sprach die in ihrem Eigentum Geschädigte die verhängnisvolle Drohung aus, ihnen allen jene einsilbigen Tierchen zu schicken, welche zur Erfindung des Kammes geführt haben mögen, und siehe da! – kreideweiß geworden, gestand die Schuldige und ersetzte den Schaden.

Daß Wälder und Filze von dämonischen Wesen belebt sind, von denen einige selbst bei hellem Tag ihren frechen Spuk treiben, ist selbstverständlich. Auf den gefürchtetsten dieser Unholde, den »Viehscheuch«, werde ich im Laufe meiner Erzählungen noch zurückkommen. Als im heurigen Frühling die Missionäre hier oben predigten, donnerten sie unter einem gegen den schändlichen Aberglauben und gegen das berüchtigte Fensterln. Die guten Patres! Gelingt es ihnen, den Aberglauben und die feige Gespensterfurcht auszurotten oder doch zu beschränken, so wird das Fensterln immer ärger, und verleiden sie den Burschen letzteres und leiten sie zu still-beschaulichem Leben an, so nähren sie den Aberglauben.

Doch es ist Zeit, lieber Leser, daß wir zum Rachel aufbrechen; wir müssen uns hübsch zeitlich auf die Beine

Mader

machen, auch für Mundvorrat sorgen, denn der Weg ist weit, und die Wohnungen der Menschen sind fern. Träfest du auch Holzhauer oder Hirten, lieber Leser, ihre Kost würde dir kaum behagen, so gern die guten Leute mit dir ihr Letztes teilen würden. Der Schmarren ist ganz gut, aber so fett, daß man einen Holzhauermagen haben muß, um ihn zu verdauen. Das Brot ist schwarz und oft bitter, das Rauchfleisch so hart, daß es vielleicht Funken geben würde, schlüge man Stahl daran.

Der Weg führt uns an dem fürstl. Schwarzenbergschen Forsthaus Schätzenwald vorbei über den ziemlich wasserreichen Kanal, der die Wydra mit dem Kießlinger verbindet, zunächst nach Kinitz-Tetau. Sieh dir diese Hütten gut an, lieber Leser, die längs des Weges in mehr oder minder großen Entfernungen stehen; unscheinbar sind sie und klein, auch ist das Innere nicht eben einladend, aber interessant ist ihre Bauart dennoch. Luft und Licht scheinen nicht zu den Bedürfnissen dieser bescheidenen Hinterwäldler zu gehören, wenigstens haben die Fenster kaum einen Quadratschuh Flächenraum und gleichen verglasten Fluglöchern eines Taubenschlages. Obendrein sind sie von innen so sinnreich verrammelt, daß es wohl niemandem gelänge, sie zu öffnen, ohne sie dabei zu zerbrechen. Menschen und Tiere teilen den Raum im Innern, der Rauch des Sparherdes entweicht gerade durch die Türe, und das Dach wird durch schwere Steine – bayerische Schindelnägel nennt man sie spottweise – vor den Wirkungen der entsetzlichen Äquinoktialstürme geschützt.

Diese Kinitz-Tetauer Einbauern sind wohl die primitivsten Naturkinder unseres ganzen Waldgebirges, roh und unreinlich, doch ehrlich und gefällig. Die meisten sind Holzhauer und waren in früheren Jahren Kohlenbrenner, ein Geschäft, das seit der Borkenkäfermisere im Niedergange begriffen ist.

Auf bequemer Straße geht es nach Mader. Da klingt auch ein Lied aus nicht lange entschwundenen Zeiten an dein Ohr, ein fröhlich Lied von frischem Treiben, das einst hier herrschte. Jetzt ist es still und ruhig geworden. Die großen Resonanzholzsägen stehen, denn die astlosen Urwaldfichten, aus denen die Resonanzblätter einzig und allein hergestellt werden können, sind selten geworden. Vor 20 und 25 Jahren, als der alte, biedere Biennert hier noch waltete und der lustige Hicke, sein Schwiegersohn und Nachfolger, da konnte man sie hier noch zu Hunderten sehen, die gefällten Riesen des Urwaldes, und 600 bis 700 Jahresringe konnte man zählen, bis die Ringe so dicht wurden, daß auch das Zählen aufhörte, und doch waren die Stämme bis ins Mark kerngesund!

Es gibt ein Wirtshaus hier mit 4 oder 5 Betten, lieber Leser! – auch Bier, veritables gutes Bier, eine höchst angenehme Abwechslung in die ewige Milch. Herz, was willst du noch mehr!

Sonst ist's noch ziemlich ruhig hier, und Typen, wie sie in Eisenstein, Prachatitz, Hohenfurt und wie sie alle heißen, die fashionable gewordenen Böhmerwald-Luftkurorte, vorkommen, sind hier denn doch noch eine große Seltenheit. Du hast also, lieber Leser, nicht sonderlich zu fürchten, daß bemeldete vier Betten in Anspruch genommen sein könnten und du gezwungen wärest, nach dem zwei Stunden entfernten Außergefild einen kleinen Abstecher zu unternehmen, um dort zu übernachten und dann früh wieder in aller Gemütlichkeit hierherzukommen, eine Befürchtung, die ein vielgelesenes Böhmerwaldbuch ausspricht. *Wenn* es dir aber passierte, daß du hier keine Unterkunft fändest, so wüßte ich wirklich keinen anderen Rat, außer du zögest es vor, irgendeine verlassene Holzhauerhütte im Walde zu beziehen und auf dem Mooslager deine Ermüdung auszuschlafen, wie ich es wiederholt getan habe. Sogar

Aus dem Böhmerwald

unter freiem Himmel bin ich einmal geblieben, und nicht einmal ein herannahendes Gewitter hat mich vermocht, eine der bewohnten Bauernhütten aufzusuchen, denn in dieser Atmosphäre kann nur ein Eingeborener leben.

Ich sagte dir, lieber Leser, daß du Typen à la Eisenstein hier schwerlich zu sehen bekommst: doch halt, es könnte doch passieren. Ich sah zwar keine, aber ein Holzhacker erzählte mir erst voriges Jahr eine unterhaltende Geschichte darüber.

Er entwarf eine ziemlich detaillierte Schilderung von zwei »herrisch« gekleideten Persönlichkeiten, die unweit von Mader ganz unversehens mitten im Walde, als er eben bei seiner Arbeit beschäftigt war, an ihn herantraten. Beide waren leicht gekleidet, der eine trug einen Jägerhut mit Gemsbart und Schildhahnfeder, die Beschuhung war ebenfalls nur eine ganz leichte, und der Mann entwarf eine ebenso drastische als komisch wirkende Beschreibung der lieblichen Schinakelstifletten. Nach der Beschreibung schien mir der eine der beiden Fremden Sems kraushaariger Nachkommenschaft anzugehören. »Wird wohl ein Jude gewesen sein?« äußerte ich. »A Jud? Dös glaub i nöt, i hob wohl in mein Leben grod zwoa Juden gesehen, den Schleml von Rehberg, aber der ist rothaaret gewesen; a so hat dasöll (derselbe) nöt ausgschaut; der Schwarzkopf von Langendorf, der monnigsmol affa (herauf) kimmt, is a af der routen Seiten.«

Die beiden Fremden nun kamen also auf den Holzhauer zu und forderten ihn auf, sie auf den Rachel zu führen. Vergebens stellte der Mann ihnen vor, daß es schon ziemlich spät am Nachmittag, daß der Weg beschwerlich und ihr Schuhwerk untauglich sei und die Entfernung wenigstens 4 Stunden betrage. Die beiden Herren erklärten, sie seien gut zu Fuß, versprachen ihm zwei Gulden für seinen Dienst und äußerten die Absicht, im Rachelhaus zu übernachten. So ging's denn vorwärts durch pfadlosen Wald und Filz. Bereits nach einer Viertelstunde klagten beide Herren über Nässe in den Füßen, und nach einer weiteren halben Stunde hingen nur mehr einige Fetzen aufgeweichten, formlosen Leders daran.

»Ich habe es Ihnen gesagt«, sprach A., »da haben Sie die Bescherung; *Sie* wollten gehen.« – »Ich?« replizierte B. »Haben nicht *Sie* gesagt, daß Sie schon zweimal am Arber oben waren, daß der Rachel nicht so hoch und mithin leichter zu besteigen sei?«* – Eine Zeitlang währten diese gegenseitigen Vorwürfe, und vielleicht wäre Feindschaft und grimmer Hader daraus entbrannt, wenn nicht A. auf einen Gedanken gekommen wäre, der ihren Ergüssen eine andere Richtung gab: »Verschonen Sie mich mit Ihren Vorwürfen«, sprach er und neigte seinen Mund an das Ohr seines Begleiters, »ich glaube, der Kerl führt uns absichtlich in den Sumpf hinein, um uns zu berauben, oder er kennt den Weg selbst nicht.« – »Sie können recht haben«, flüsterte B., trat auf den Führer zu, packte ihn am Arm und sprach: »Höret, Mann, jetzt führt uns sogleich aus dem Walde, widrigenfalls Ihr sehen sollt, mit wem Ihr es zu tun habt. Da Ihr selbst den Pfad nicht kennt, so ist es eine Unverschämtheit von Euch, Fremde führen zu wollen.« Der arme Holzhauer war ebenso erstaunt als betroffen; der Fremde schien ihm seiner Kleidung nach ein Mann von Bedeutung und Macht. Er bemerkte in aller Unterwürfigkeit, daß er ja den Herren Vorstellungen gemacht hatte über den weiten Weg und den sumpfigen Boden. Und wo sollte er sie aus dem Wald herausführen? Es gab ja keinen Pfad, nur knietiefen Moder und Sumpf, umgestürzte Bäume, un-

---

* Der Unterschied beträgt etwa 20 Fuß. (Anmerkung des Autors)

durchdringliches Dickicht. Und langsam gingen die Herren auch, kaum eine halbe Meile hatten sie zurückgelegt, wo er eine ganze hinter sich gehabt hätte. Wenn er doch schon im Rachelhaus wäre, aber dahin waren noch gute zwei Stunden seiner Gangart. Und die Fußbekleidung der Herren! Gott erbarme dich! Unmöglich, unmöglich, die kommen nicht weiter. Dabei steckten sie fortwährend die Köpfe zusammen; das bedeutete nichts Gutes! Wenn die ihn etwa gar bei Gericht anzeigten! Jetzt, wo es die Herren in der Stadt so scharf auf die Einbauern in Kinitz-Tetau hatten, seit dieser unglückliche Six einen alten Mann, der bei ihm im Ausgeding lebte, ermordet hatte. Den zwei Herren würden sie bei Gericht gewiß Glauben schenken, wenn sie angeben, daß er sie berauben wollte, nicht aber ihm, dem armen Holzhauer. Wie hatte der Herr mit dem goldenen Kragen doch gesagt bei der Kommission am Orte der Mordtat? »Ihr seid doch ein niederträchtiges, gottloses Gesindel hier oben im Walde!« hatte er gesagt. Und die dunklen Kerkermauern im fernen Pisek, woher immer nur Unheilvolles kam und über welches er so viel von Soldaten, aus der Haft entlassenen Abgeurteilten und anderen Unglücklichen gehört hatte, ach, wie drohend bauten sie sich auf vor seinem geistigen Auge!

»Herr«, sagte er zu mir, als er mir die ganze Geschichte erzählte, »ich hätte weglaufen können, und sie wären dagestanden im Walde. Aber wer würde das tun! Die wären ja elend umgekommen in den Filzen, denn ihr Lebtag hätten sie den Rückweg nicht gefunden. Das wäre ja doch eine Sünde gewesen.« Und als sie ihn von neuem drängten, faßte er sich ein Herz und erklärte, es sei unter diesen Umständen unmöglich, weiterzugehen, so mir nichts, dir nichts heraus aus dem Walde könne er sie jedoch auch nicht führen, da dieser sich meilenweit nach rechts und links hin ausdehne, es bleibe somit nichts übrig, als umzukehren nach Mader. Die Fremden schimpften und drohten, aber der Holzhauer machte entschlossen kehrt, und sie mußten ihm nach. Da hörten sie Schritte hinter sich, kräftige Schritte, und binnen wenigen Minuten hatte sie ein großer, grobknochiger, verwittert aussehender Mann eingeholt, in hohen Stiefeln, schwarzen Lederhosen und brauner Jacke, der zwei schwere Päcke am Rücken trug. Wie tanzend sprang sein Fuß von Baumwurzel zu Baumwurzel, von Stein zu Stein. Die grauen Augen sahen erstaunt hervor unter den dunkeln, buschigen Brauen, als er der Fremden ansichtig wurde, und etwas wie Hohn blitzte über seine bronzefarbigen, wetterharten Züge. Ich kann's hier dem Leser verraten: es war der bayerische Schwärzer, genannt der lange Hiesel, der mit einer Ladung »Brisil« (Brasilschnupftabak) und Zigarren seines einsamen Weges gezogen kam.

»Grüß di Gott, Wastl«, sprach der Bayer, »was hast denn da für zwee Milirahmg'sichter afg'steckt?«

Der Holzhauer erwiderte den Gruß und berichtete kurz, was die Herren vorhatten und wie er jetzt mit ihnen auf der Rückkehr begriffen sei.

Da mischte sich der Herr mit der Schildhahnfeder ins Gespräch, beschuldigte den Führer auch dem Schwärzer gegenüber der Unkenntnis des Weges oder irgendwelcher böser Absichten und forderte ihn auf, ihre Führung zu übernehmen, wogegen er ihm die dem Holzhauer versprochenen zwei Gulden anbot.

Da richtete sich der Bayer hoch auf, seine gewaltigen Fäuste ballten sich drohend, und dann ergoß sich eine Flut unwiedergeblicher Schimpfworte wie Pistolengeknall aus seinem Munde. »Oh, ös schlechten Sakra ös, ös miserablichten, hoarlousen (schamlosen) Lumpen! Betrüegen wollt's ös den armen Wastl, ös dolkerten Stadtaffen ös! Dos sog i dir, Wastl, daß du sie do loßt im Filz, dö elendigen ...« Und so ging's fort mit wenig Grazie in infinitum.

Die Wirkung dieser Apostrophation, deren drastische Eloquenz mit den entsprechenden Gebärden begleitet war, ist eine niederschmetternde gewesen. Mit schlotternden Knien beteuerten die beiden Fremden, es sei ihre Absicht nicht gewesen, den Wastl um den bedungenen Lohn zu bringen, es sei alles ein Mißverständnis.

Der Hiesel dagegen wandte sich verachtungsvoll ab und knurrte bloß gegen den Wastl hin: »Nimm mir den einen Pack ab, ich komm heut schon von Grafenau, und trag mir ihn, weißt ohnehin wohin, die zwei Gulden gib ich dir, daß du nicht zu kurz kimmst, und dö zwee, dö sollen hin werden do im Filz, die Mucken fangen eh (ohnehin) schon an, z'ammfressen soll's dos Gflügel.«

Doch der ehrliche Wastl ließ sich nicht überreden. »Sie müßten hier elend umkommen«, sprach er, »und das möcht ich nicht auf meine Seele laden, selbst wenn sie mir die zwei Gulden nöt geben täten.«

»Bist dein Leben lang ein Rindvieh gewesen«, sagte der Bayer verächtlich, »und wirst's a bleiben!« Damit wandte er sich zum Gehen, und bald verhallte sein langer, kräftiger Schritt hinter den moosbedeckten Fichten des Urwaldes.

Der Wastl aber brachte die zwei nach etwa einstündigem Marsch nach Mader zurück, wo sie in einem desolaten Zustand anlangten. Von ihren Schnabelstiefletten war so gut wie nichts zurückgeblieben, und mit wunden, geschwollenen Füßen hielten sie ihren Einzug, gar demütig gestimmt und Verzweiflung im Herzen über die so kläglich gescheiterte Rachelexpedition. Da sie keine zweite Fußbekleidung mitführten und absolut keine Bauernstiefel und auch keine Holzschuhe vertrugen, so erbarmte sich ihrer eine mitleidige Seele in Gestalt einer Bäuerin und verfertigte ihnen aus alter Packleinwand ein

Paar nicht eben salonmäßig aussehender »Potschen«, in denen sie sich dann und wann dem erstaunten Volke zeigten, bis nach einigen Tagen ihre Füße geheilt waren und sie – immer noch in letzterer Fußbekleidung – auf einem Ochsenkarren nach Außergefild fuhren, wo sie sogar einen Schuster fanden, der sie mit einigermaßen praktikablem Schuhwerk versah. Was weiter mit ihnen geschah, vermag ich nicht anzugeben.

Der ehrliche Wastl aber bekam seine zwei Gulden, mit denen er sich königlich belohnt dünkte. »Es sind keine Fremden mehr dagewesen«, hat er mir erzählt, »aber wenn ihrer hundert kämen und man mir das Dreifache bieten würde, ich übernähme keine Führung mehr. Die Ängste, die ich damals ausgestanden, vergesse ich in meinem Leben nicht mehr. Ins Kriminal möchten sie einen noch bringen, die Stadtherren, die herkommen und von unseren Wäldern nichts verstehen. Man möchte doch denken, sie müßten das aus den schönen Büchern wissen, mit den roten Deckeln und den Goldbuchstaben drauf, die sie immer mithaben und wo, wie sie sagen, alles drinsteht.«

Auf denn, lieber Leser; es hat zwar ein wenig gestürmt, geblitzt und geregnet, aber einige Tropfen Wasser mehr oder weniger in diesem vollgesogenen Schwamm, der selbst nach vierwöchentlicher Dürre noch immer Wasser genug hat, die sollen uns nicht abhalten. Schinakelstiefel aus Kalb- oder gar Ziegenfell hast du ja nicht an, wie die Herren A. und B., deren werte Bekanntschaft wir das vorige Mal gemacht haben, und mit guten Juchten kannst du die Partie schon riskieren. Einen Mann müssen wir uns auf jeden Fall mitnehmen, damit er unseren Proviant trage, denn da oben würdest du dich vergeblich nach einer Restauration umsehen, und von Heidelbeeren kannst du doch nicht leben, die machen den Mund und die Zähne schwarz und

Unterreichenstein

würden dir das Aussehen eines betelkauenden Malaien verleihen, ganz abgesehen davon, daß möglicherweise keine zu finden wären – auch keine Preiselbeeren, was zum Beispiel im vorigen Jahre der Fall war, ein Umstand, der wieder eine große Hausse auf der Preiselbörse zu Hartmanitz zur Folge hatte. Mit den Frühlingsspätfrösten muß eben gerechnet werden. – Wir brauchen nicht weit zu gehen, um in den Wald zu gelangen, wir gehen eigentlich immerfort im Walde, aber meist ist's junger Anflug; die Stämme aber, die da modern zu Hunderten und Tausenden, einzeln und in Haufen übereinandergeworfen, mit Moos, Flechten und dichtem Heidel- und Erikagestrüpp überwuchert und von Myriaden von Pflanzenwurzeln wie mit unlöslichen Stricken verbunden, die künden dir eine kaum entschwundene Zeit, wo der Urwald in all seiner Pracht und tiefdüstern Majestät über den Häuptern der Menschenwürmer rauschte, deren Fuß diese stille Einöde betrat. Noch kannst du ihn sehen, lieber Leser, freilich nur beschränkte Strecken, aber doch Urwald, und eine Idee kannst du dir machen, wie's hier einst auf viele Quadratmeilen weit aussah. Nur mußt du von der Straße abbiegen und dich mit einem guten, des Weges unfehlbar kundigen Führer seitwärts schlagen. Wohl sickert das braune Wasser unter deinen Tritten hervor, wohl sammelt es sich in tiefschwarzen Lachen, die du sorgfältig umgehen mußt, denn sie sind oft trügerisch tief; wohl stolpert dein zagender Fuß über gewaltige, wie Riesenschlangen sich windende Wurzeln; ich will aber hoffen, daß dir kein sonderliches Unglück zustößt, und wenn du ein Naturfreund bist, so wird dir für den mühseligen Marsch ein königlicher Lohn.

Du mußt dir nicht denken, lieber Leser, daß im Urwald die Bäume dicht, Stamm an Stamm, stehen; im Gegenteil, die hohen alten Fichten stehen in ziemlicher

Entfernung voneinander, und nur das auf den toten Riesenleibern emporwuchernde Gestrüpp und Jungholz bildet oft undurchdringliche Dickungen. Der alte Baum braucht Luft und Licht für sich und läßt in seiner nächsten Umgebung keinen Nebenbuhler aufkommen; erst bis er dereinst hinsinkt von der Gewalt des Sturmes, wenn einmal seine Wurzeln morsch sind und ihn nicht mehr tragen, dann wird sich einer der Jünglinge, die aus seinem Samen hervorgegangen, nach hartem Kampf ums Dasein erheben und seinerseits die aufstrebenden, minder begünstigten Genossen rücksichtslos verdrängen. Die Natur will den Kampf, das selbstsüchtige Ringen. Ote-toi, que je m'y mette!*

Welch verschiedene Typen in Wuchs und Aussehen! Ein düsteres Graugrün bedeckt die Stämme, und von den dunkelgrünen Zweigen hängen weiße, graue und braune Flechten, bald schlangenartig sich krümmend, herab, bald ineinander verwachsend und breite Wände bildend. Gewaltige Farren entwachsen dem ewig nassen Boden und heben sich straußartig vom dunklen Moos ab. Gespenstisch ragt da einer der Riesen gegen den Himmel empor; seine Nadeln sind längst abgefallen, sein Stamm ist rindenlos; so starrt er da, eine stehende Leiche, und weiß wie Silber erglänzt der nackte Stamm im Mondeslicht. Je weiter hinauf man steigt gegen den Kamm, desto niedriger werden die Fichten, die indes noch immer einen gewaltigen Umfang haben. Nach und nach übergeht der Fichtenwald in verkrüppelte Knieföhren, die, vielfach ineinander verschlungen, längs des sumpfigen Bodens hinkriechen. Auch ein Urwald, jungfräulich und unentweiht, denn wohl keines Menschen Fuß hat je den grundlosen Boden zu betreten gewagt.

Doch ich eile voraus; so hoch oben sind wir noch

---

* (franz.) Scher dich weg, damit ich Platz habe!

nicht. Eine tiefe, feierliche, fast beklemmende Stille herrscht im Urwalde. Nur selten ertönt die Stimme eines Vogels, das leise Piepen des hier nirgends fehlenden Goldhähnchens, der nicht unmelodische Gesang des im strengen Winter brütenden Kreuzschnabels, dem keine Kälte, kein Schneesturm etwas anzuhaben vermag. Zuweilen ertönt das häßliche Krächzen eines Raben oder hoch in den Lüften der rauhe Schrei des Habichts. Sonst ist's still. Doch wir dürfen uns nicht zu lange aufhalten, damit wir unsere Tour vor Nacht vollenden. Zurück also zur Straße. Da wirst du, lieber Leser, zu einer Lichtung kommen, und da wirst du Rauch aufsteigen sehen zwischen den Bäumen, und Stimmen wirst du hören und Laute, die dir die Anwesenheit von Menschen künden.

Richtig, da stehen sie zwischen den Bäumen, die wenigen Holzhauerhütten, die der Mensch hier gebaut in der herzbeklemmenden Öde. Du bist in Josefstadt, lieber Leser; denn diesen Namen hat man der nur sporadisch und zeitweise bewohnten Kolonie gegeben. Welchem Josef zu Ehren mag dieser Name gegeben worden sein? Niemand kann dir Auskunft geben, und deine Phantasie hat einen weiten Spielraum.

Es ist nicht lustig hier oben, lieber Leser, für die, welche jahrein, jahraus um ihre Existenz ringen und kämpfen müssen, im Schweiße ihres Angesichts, in verzehrender Sommerglut, in des Winters eisigem Wehen, von Gefahren und unheimlichem Schreck umdroht.

Da fällt er mir ein, der alte, eisgraue Mann dort unten in Schlösselwald, der bis zu seinem 70. Jahre hier in den Wäldern gearbeitet, über dessen ehrwürdigen Scheitel nun bald ein Jahrhundert dahingerauscht sein wird. Einen Sohn hatte der alte Mann, dem er ein besseres Los, ein weniger mühevolles Leben bereiten wollte. Gedarbt hat er bei schlechtem Brot und hartem Käse, und gearbeitet hat er Jahr um Jahr, um den Sohn studieren lassen zu können, ein schier wahnsinniger Gedanke hier oben. Ein Auge schlug ihm ein Holzsplitter aus, er aber arbeitete unverdrossen weiter, und alle Monat machte er sich auf den Weg nach dem fernen Klattau, um dem Sohn sein Erspartes zu bringen. Und wie mußt er's oft erringen, das blutig verdiente Geld! – Da gingen sie einst ihrer vier in den Wald, ihrer Arbeit nach. Es war ein schauerlicher Wintertag; mit eisigem Regen gemischt und vom Südweststurm gepeitscht, fiel der Schnee herab und überzog, sogleich gefrierend, Boden und Bäume mit einer glasigen, schlüpfrigen Masse. Den ganzen Tag arbeiteten die Männer in dem schauerlichen Wetter, und als die Dämmerung hereinbrach und der Sturm und Schneefall immer heftiger wurde, sahen sie plötzlich, daß es unmöglich war, den mehrere Stunden weit entfernten häuslichen Herd zu erreichen. Auf solche Eventualitäten ist man indes gefaßt und hat durch Errichtung höchst primitiver, aus rohen Balken zusammengefügter Hütten, auf die man in vielen Orten im Walde stößt, für sein notdürftiges Obdach und eine Zufluchtsstätte gegen Wind und Regen gesorgt. Solche Hütten haben als ganze Einrichtung ein sich rund um die Wände ziehendes Mooslager und einen Feuerherd in der Mitte, damit die Leute sich wärmen und ein Mahl bereiten können. – Eine solche Hütte nun suchten die vier Männer auf, konnten aber über die Wahl derselben nicht schlüssig werden. Der erwähnte alte Mann mit noch einem Genossen faßten den Beschluß, die nächste derselben, die etwa eine Viertelstunde weit entfernt war, aufzusuchen, während die beiden übrigen es vorzogen, sich zu trennen und eine etwas fernere zu beziehen, die ihrer Ansicht nach besser geschützt war.

Die beiden ersteren erreichten glücklich ihre Zufluchtsstätte und ließen sich darin häuslich nieder. Aber trotz des mächtigen Feuers, das sie anzündeten, konnten sie sich nicht erwärmen, denn der Wind blies durch die schlecht zusammengefügten Balken, und durch die Risse des Daches tropfte allenthalben der eisige Regen. Vergebens kauerten die beiden eng zusammen, es war nicht möglich, hier auszuhalten.

So beschlossen sie denn, die ungastliche Hütte zu verlassen und die beiden anderen Männer in ihrer Behausung aufzusuchen. Es mochte bereits zehn Uhr abends sein. Hinaus ging's in die grauenhafte stürmische Nacht; schauerlich heulte die Windsbraut in den Kronen der hundertjährigen Urwaldfichten, in den tiefen Schluchten der Berge. Wohl zagte der Fuß, wohl standen die Haare zu Berge, denn all die finstern Geschichten über die geheimnisvollen Wesen des Waldes wurden aufgeregt in den Gedanken der einsam dahineilenden Männer; aber was war zu tun? Fort mußten sie, da gab's keinen anderen Ausweg.

Nach einer mühseligen Stunde erreichten sie ihr Ziel. Schon von weitem fiel es ihnen auf, daß die Türe angelweit offenstand, durch welche der Schein des mächtig lodernden Herdfeuers herausfiel, gespenstisch tanzende Schatten im Walde erzeugend.

Da traten sie ein. Welch entsetzlicher Anblick! Da lag ausgestreckt auf seinem Lager der eine, kalt und starr, die gläsernen Augen weit geöffnet, während der andere, halb sitzend am Boden, die Faust wie zur Abwehr geballt, dahockte, regungslos, wie ein versteinertes Bild. »Hannes! Wenzel!« Keine Antwort – die beiden waren tot – und zur Tür herein blies der Wind, am Herd knisterte die Flamme. – Was war geschehen? Die es hätten sagen können, ihr Mund war stumm in alle Ewigkeit.

»Sie können doch nicht erfroren sein, Franzel?« meinte der Jüngere. »Hier ist's doch wärmer als in der ersten Hütte.«

»Das war nichts Rechtes«, sagte der Ältere, mein Gewährsmann, »Gott soll uns schützen, komm zurück, besser erfrieren, als von den unreinen Geistern der Nacht ...« Er vollendete den Satz nicht, bekreuzte sich und murmelte: »Herr Jesus, steh mir bei in meiner Not...«

Und fort ging's wieder über Stock und Stein, durch Schnee und Regen in den Wald hinein. Betend brachten sie die Nacht in der ersten Hütte zu, und wenn die tödliche Ermüdung ihnen die Augen zu schließen drohte, da rüttelten sie sich gewaltsam empor aus den schmeichelnden Banden, die sie zu umstricken drohten.

Am anderen Tage ließ das Unwetter nach, und die beiden Männer eilten hinab nach Kinitz-Tetau, Hilfe zu holen und das Geschehene zu berichten. Von dort aus brach man auf und holte die beiden Leichen.

Der alte Franzel aber arbeitete weiter im Walde oben, und als der Monat zu Ende war, eilte er mit dem ausbezahlten Lohn hinunter nach Klattau zu seinem studierenden Sohne. So tat er's jahraus, jahrein, bis sein Sohn die Universität bezog. Da halfen die Abeles, an die sich jeder wandte, der Hilfe brauchte, und aus dem Sohne des armen einäugigen Holzhauers wurde ein angesehener Herr. Oft forderte der dankbare Sohn den greisen Vater auf, zu ihm in die Stadt zu ziehen und bei ihm seine alten Tage in Ruhe zu beschließen; der Alte jedoch war hiezu nicht zu bewegen. Er wäre, von Heimweh verzehrt, gestorben in den steinernen Häusern der Stadt, fern von seiner Ofenbank und seinen Kienspänen, der alte Holzhauer mit dem weißen Haupt, der so viel gearbeitet und so viel erfahren hatte in seinem langen Leben.

Jetzt sitzt er still da, und wenn seine Enkel reden von der harten Arbeit und den Gefahren dabei, da blitzt sein einziges Auge hell auf, und er denkt der Jugend und der schönen Wälder da oben. Es ist gut, daß er nicht mehr hinauf kann, die Verwüstungen des letzten Dezenniums würden, wenn er sie sähe, sein altes Herz brechen.

Blick ins Wotawatal

Fünftes Kapitel

Das Rachelhaus – Eine Heiratsvermittlung – Damen am
Rachel – Verirrte Holzhauer

Wir sind die Straße fortgezogen, ohne recht zu wissen wie. – Rechts und links Wald, freilich mit Unterbrechungen und Rodungen, die alle der leidige Borkenkäfer verschuldet hat. Dann wieder Moore und mit Kniefiöhren bedeckte Filze, tiefe Wasserlachen, rinnende Wasseradern mit dunkelgranatfarbnem Inhalt, alles so düster und melancholisch, daß es einem das Herz zusammenschnüren möchte. Da blinkt etwas hervor zwischen den Bäumen: es ist das Rachelhaus, früher eine Försterei, jetzt nur von zwei Holzhauerfamilien bewohnt. Eine einsame, traurige Wohnung! So idyllisch liegt es da, lieber Leser, daß du vielleicht die Leute beneiden möchtest, die unmöglich mit ihren Nachbarn in Streit kommen können. Was kümmert es die, was in der Welt geschieht; sie bilden eine Welt für sich, in deren Herrschaft sie sich teilen. Ach ja! Wir sind in der schönen Sommerzeit, wo das Heu auf der Wiese duftet, wo die Sonne wärmend strahlt. Aber bedenke, lieber Leser, im Oktober setzt der Winter ein und dauert bis Juni! Ein Winter voll nordischer Schrecken, doch ohne den hehren Glanz des Nordlichtes, ein Winter völliger Abgeschiedenheit, wo der Mensch, der Wut der Elemente preisgegeben, vergebens in Not und Krankheit Hilfe bei seinem Nächsten suchen würde, denn sein Nächster wohnt Stunden weit, getrennt durch Wälder und

Schnee, durch bodenlosen Sumpf und sturmgepeitschte Heide.

Dann kommt nach kurzem Übergang der Sommer und mit ihm die furchtbaren Gewitter des Hochlandes. Stelle dir vor, daß *einer* der zahllosen Wetterstrahle, die zischend vom Himmel herniedersausen, das Heim der einsamen Leute da oben träfe und daß es hinsänke in Schutt und Asche. Was würden die Betroffenen beginnen mit ihren Familien? Wo fänden sie ein Obdach?

Und als ein Förster hier war in dieser traurigen Öde, der hatte Pflichten, schwere Pflichten. Er war seinem fürstlichen Herrn verantwortlich für die Erhaltung des Wildstandes; das angrenzende Land aber schickte und schickt uns eine Ware herüber, der gegenüber unsere noch im Embryo liegenden Schutzzölle sich ziemlich machtlos erweisen dürften: die Herren Wildschützen, die sich um die Schonzeit verteufelt wenig kümmern.

Ich verweise auf das, was ich hierüber bereits früher gesagt habe. Es gehörte wahrlich ein tapferes Herz dazu, hier auf diesem verlassenen Posten zu stehen und seines Amtes zu walten. Da war in früheren Zeiten ein Förster hier, den ich gut kannte – Kolář hieß er –, der beherbergte mich und manchen anderen, welcher kam, den Rachel zu besteigen. Seinen mit liebenswürdiger Bereitwilligkeit gegebenen Aufschlüssen verdanke ich manches, was ich über diese Gegend und das frühere Leben hier weiß. Er ist seither von hier fort versetzt worden, und ich habe nicht in Erfahrung bringen können, wo er jetzt lebt. Möchten doch diese Zeilen zu ihm gelangen und ihm meinen nochmaligen Dank aussprechen. Er hatte auch eine sehenswerte Kollektion von Rehgeweihen und Schildhahnschwänzen, ein kleines Museum in der Wildnis.

Hier war es auch, wo ich mir einmal vorkam wie der kluge, vielgereiste Odysseus. Der Polyphemos, mit dem ich hier zusammentraf, war zwar weder einäugig noch von anthropophagen Gelüsten, hatte jedoch das mit dem genannten Ungetüm gemeinsam, daß er nie im Leben weder weißes noch rotes Blut der Rebe gekostet hatte. Es war ein etwa 20jähriger Holzhauerbursche aus dem Walde, der mich führte und mit dem ich den Inhalt zweier Flaschen Melniker teilte. Die Wirkung des Göttertrankes hatte zwar zur Folge, daß ich die Racheltour auf einige Stunden unterbrechen mußte, weil ich den Führer hätte führen müssen, entschädigte mich aber durch die Herzensergießungen des Burschen, der ein olympisches Zutrauen zu mir gefaßt hatte. Er erzählte mir, daß er eine sehr gute Partie machen könnte, da eine der reichsten Waldschönen sterblich in ihn verliebt sei, eine reizende Kleopatra, wegen der bei diversen Prügeleien schon viel Blut vergossen worden sei, da sie nicht weniger als eine Kuh, zwei Kälber, drei Ziegen und 45 Gulden als Aussteuer zu erwarten habe. Der Vater aber sei ein hartgesottener Geizhals, der von seinem künftigen Schwiegersohne eine Hütte verlange im Schätzungswerte von mindestens 250 Gulden, wogegen die seine bloß auf 210 Gulden geschätzt sei, worauf außerdem 30 Gulden Schulden haften. Ich könnte, meinte er, bei diesem Harpagon ein gutes Wort einlegen für ihn. Ich war mir zwar der Delikatesse bewußt, womit solche interne Angelegenheiten behandelt werden wollen; nichtsdestoweniger sagte ich ihm lachend meine Unterstützung zu und habe auch Wort gehalten.

Der Harpagon ließ sich erweichen und gab dem Burschen die Tochter, die er in einer anderen Gegend infolge früher stattgefundener delikater Vorfälle, aus denen man aber hierzulande nicht viel Wesens macht, ihm hätte ohnehin geben müssen.

Als ich ein Jahr später wieder herkam, war mein ehemaliger Führer bereits verheiratet und glücklicher Vater einer Tochter. Er dankte mir gerührt für meine damalige Fürsprache und gestand, daß er am Ziele aller seiner Wünsche sei.

Man bekommt jetzt im Rachelhause Bier, Brot, Eier, Butter; was kann man sonst noch in dieser Einöde verlangen?

Ich will den guten Leuten, die hier wohnen, nichts Übles nachsagen: sie werden dich freundlich aufnehmen und dir ihr Bestes bieten. Willst du aber hier übernachten, so empfehle ich dir zuvor tüchtige Müdigkeit und kann auch nicht umhin, ein wenig für den großen Menschenfreund Zacherl, der durch seine Präparate diversen kleinen Plagegeistern mit und ohne Flügel den Kampf ums Dasein ein wenig erschwert hat, Reklame zu machen. Denn nicht eines jeden Menschenkindes Haut ist gleich der meinigen, der ich von Jugend auf diese Wildnisse durchstreift habe, hart und unempfindlich genug, um sonder Beschwer den zahllosen kleinen Ungetümen als willkommener Äsungsplatz zu dienen. Dies zur Warnung, damit niemand sich über mich beklage, den etwa die Sehnsucht nach dem Einblick in Gottes heilige, von unserer hochgebenedeiten Zivilisation noch unentweihte Natur hieher zöge. Ich mag in schlaflosen Nächten von niemand verflucht werden.

Vor nicht gar langer Zeit verirrten sich auch zwei elegante Stadtdamen hieher, die eine flink und schlank wie eine Antilope, die andere von der allgütigen Mutter Natur mit etwas umfangreicheren Reizen ausgestattet. Ich traf die Damen in Rehberg und führte sie dort ein wenig im Gebirge umher. Die verhältnismäßig leichten Touren, die sich ihnen da boten, machten in ihnen den Wunsch rege, tiefer ins Gebirge einzudringen und namentlich den berühmten Rachelberg zu besteigen. Besonders die Schlanke war ganz Feuer und Flamme für dieses Projekt. – Ich nahm mir die Freiheit, auf die Be-

Winterbergisch. Burg und Stadt

schwerlichkeit der Tour und den völlig mangelnden Komfort hinzuweisen, auf die Notwendigkeit, sich eventuell mit einem Nachtlager im Rachelhaus, auf Stroh oder Heu gebettet, zufriedenstellen zu müssen.

»Das ist's ja gerade, was ich wünsche!« rief die Schlanke, »das wird ja gerade recht lustig sein. Und den Sonnenaufgang will ich sehen vom Rachel aus; das muß ein erhebendes Schauspiel sein!«

Die Umfangreichere machte eine kleine Grimasse, als sie von einem Lager hörte, auf dem ihr junonischer Leib wohl noch nie geruht haben mochte. Als ich aber bescheidentlich anfragte, ob die Damen wohl Zacherlpulver hätten und ob sie auch bedacht hätten, daß in der Stube auch der Holzhauer nebst Frau und Kindern schliefen, verlängerte sich ihr holdes Antlitz und wurde um eine Nuance röter; dann erfolgte ein lakonischer Dialog zwischen beiden, dem ich aus angeborener Bescheidenheit nicht zuhörte und wobei die Junonische allem Anscheine nach die konservative Richtung vertrat. Das Fazit war, daß man von der Besichtigung des weihevollen Sonnenaufganges Abstand nahm, die Besteigung des Berges aber dennoch beschloß.

Die Damen nahmen einen Leiterwagen, einige Herren schlossen sich an, und fort ging's von Rehberg um fünf Uhr früh auf unsagbaren Wegen über Kinitz-Tetau und Mader zum Rachelhaus. »Wie lustig! Wie herrlich!« erklang's im Jubelton in die frische, würzige Morgenluft hinaus. Die Schlanke klatschte in die Hände, die Üppige lächelte vergnügt trotz der gewaltigen Stöße, die sie jeden Augenblick bekamen. Es mochte bereits 11 Uhr sein, als die Gesellschaft im Rachelhause anlangte. Nach kurzem Aufenthalte ging es von da ab zu Fuß dem gewaltigen, weithin sichtbaren Kogel zu.

Lieber Leser! Der damalige Sommer war auch im Gebirge so trocken wie seit langen Jahren nicht. Dieser

Umstand allein machte es den Damen überhaupt möglich, das sumpfige Terrain zwischen dem Rachelhaus und der etwa eine halbe Stunde hinter demselben gelegenen Landesgrenze zu passieren. In anderen Jahren wäre ihnen dies absolut unmöglich gewesen. Bis hieher, durch den gewaltigen Kameralwald, geht der Steig fast eben dahin; stellenweise bezeichnen dicht aneinandergelegte Prügel, über die man hinschreiten muß, den Pfad. Eine unbeschreiblich üppige Vegetation charakterisiert diese Waldpartien. Riesige Rauen – vom Wind gefällte Bäume – rechts und links vom Weg, auf ihnen üppig emporwucherndes Unterholz, fast mannshohe Farrenkräuter, meterhohes Gras, mehrere Quadratklafter umfassendes Baumwurzelgewirr, das der Wind aus dem Boden gehoben, einzelne Reste des noch vor kurzem hier bestandenen undurchdringlichen Urwaldes üben einen mächtigen Zauber aus auf das Gemüt des Naturfreundes. Ob sie wohl denken können, diese Riesen einer vergangenen Zeit, deren dunkelgrüne, von grauen Flechten wie von einem greisenhaften Bart bewachsene Häupter scheinbar so verständig sich im Winde wiegen, als nickten sie dir grüßend zu? Gesehen haben sie viel in der langen, langen Zeit, seit sie da stehen – denn sie wachsen langsam hier oben in der rauhen Luft und setzen fast mikroskopische Jahresringe an, da sie ja reichlich acht Monate im Wachstum pausieren müssen; Bären, Luchse und Wölfe trieben sich hier herum in kaum halbvergangener Zeit, Rudel von Hirschen zogen im Sommer hier herauf. Mancher Kampf zwischen Jägern und Wildschützen, Grenzjägern und Schwärzern wurde hier ausgefochten, und wohl manches Menschenkindes Gebein modert hier im tiefen Moos: aber Tournüren, wahrhaftige Tournüren und keck wehende Straußfedern an Damenhüten – nein, die mag mancher der Riesen wohl nie gesehen haben!

Die Damen aber fanden wohl nicht häufig Gelegenheit, sich im Gehen ein wenig umzusehen, denn sie konnten ihre Blicke kaum von ihren Füßen abwenden und von dem tückischen Terrain, dessen Wurzelgewirr recht indiskret nach ihren Garnituren und Volants griff, wovon bald kühngeformte Fransen herabhingen.

»Ich möchte doch gerne wissen, was das eigentlich für ein Vergnügen ist, sich durch dieses Dickicht durchzuwinden«, unterbrach die Junonische das hehre Waldesschweigen, schürzte sich ein wenig höher und trocknete den perlenden Schweiß mit ihrem Spitzentuch, dessen feines Londoner Parfum den Harz- und Modergeruch auf einige Augenblicke zurückdrängte.

»Ach, gehen Sie, das ist doch wunderbar!« rief unverdrossen die Schlanke und eilte lustig an die Spitze des Zuges, den anderen stets um 20–30 Schritt voraus.

So erreichte die Gesellschaft die Landesgrenze, und von da an begann die eigentliche Steigung. Immer niedriger werden die Bäume, immer lichter der Bestand. Eine gute halbe Stunde wohl steigt der Pfad sanft an, immer dieselbe Waldszenerie und schweigende Öde. Da plötzlich eine Lichtung – und vor uns erhebt sich mächtig die runde Domkuppel des großen Rachel, steil aufsteigend; dann rechts davon ein sattelartiger Einschnitt, der im Nordwest in den sogenannten kleinen Rachel übergeht. Dieser Einschnitt hat moorigen Boden, und ich mußte vor einigen Jahren von einem Versuch abstehen, auf diesem Wege die Spitze des kleinen Rachels zu erreichen, da ich möglicherweise in diesem Sumpfgrund, den warnend verkrüppelte Knieföhren bezeichnen, versunken wäre.

Als der Aufstieg über die letzte und steilste Partie des Berges begann, wo der Baumwuchs aufhört, fielen fast senkrecht die Strahlen der Mittagssonne auf unsere Häupter hernieder. Das hell perlgraue Kleid der Üppigen bekam auffallend dunkle Flecke, und ihr Gesicht nahm eine karmesinrote Färbung an, deren leuchtenden Glanz selbst der mächtige Sonnenschirm nicht zu dämpfen vermochte.

»Ich kann nicht mehr weiter«, stöhnte sie und wäre am liebsten in das hohe Gras niedergesunken, wenn sie sich nicht vor den Schlangen gefürchtet hätte, welche ihre Phantasie, die an Üppigkeit mit ihren Körperformen rivalisierte, ihr überall vorgaukelte. Indessen, einiges Zureden und die eiserne Notwendigkeit, wohl oder übel doch vorwärts zu müssen, brachten sie endlich bis auf den Gipfel, wo sie sich ermüdet und schachmatt auf einen der grauen Gneisblöcke niederließ und träumerisch ihre Blicke über das sich tief unter ihrem Sitze ausbreitende Panorama hinschweifen ließ.

Ob der Anblick sie für die ausgestandenen Strapazen entschädigte, das ist eine Frage, deren Beantwortung ich der Dame selbst überlassen muß. Fast möchte ich daran zweifeln, denn stille Resignation und Ergebung in ein unbarmherziges, trauriges Schicksal lag wie ein Schleier über ihrem sonndurchglühten Antlitz.

Und doch ist dieser Ausblick herrlich und überwältigend in seiner Art, wenn es auch an diesem Tage »hoarrucki« (höhenrauchig) war und Berg und Tal in ziemlicher Nähe in grauen Nebel gehüllt verschwammen. Wenn die Luft vollständig klar ist, so übersieht der Blick nach Bayern hinein das Donautal, und man gewahrt in weiter Ferne, jedoch deutlich und scharf sich abhebend, den schneebedeckten Gipfel des Watzmann und noch mehrere andere hohe Berge der oberbayerischen und salzburgischen Alpenwelt. Das immense Waldland des zentralen Böhmerwaldstockes übersieht man jedoch jederzeit, vorausgesetzt, daß nicht dichte Nebel aufsteigen oder Regenwetter eintritt, und diese Aussicht ist wahrhaftig lohnend genug. Düster und melancholisch ist das

Urwald in Kubani

Bild, aber der Eindruck bleibt jedem unvergeßlich, denn wohl nirgends in Mittel-, Süd- und Westeuropa gibt es so ungeheure zusammenhängende Wälder. Da stehen sie in fast greifbarer Nähe, einander ähnlich in Form und Kleid und doch wieder verschieden, die übrigen Riesen dieses Stockes, der Lusen mit seinem grauweißen Haupt, der finstere Schwarzberg, wo die Moldau ihren Ursprung nimmt, der hohe Mittagsberg, und wie sie alle heißen, und in bereits weiterer Ferne der langgestreckte Rücken des Kubani.

Die schlanke Dame erklomm den höchsten Grat des den Gipfel krönenden Felsens, wo eine hohe Stange wie ein Wahrzeichen in die blauen Lüfte ragt, und überblickte mit freudigem Staunen das soeben geschilderte Panorama. Ich sehe sie noch dort stehen auf den schroffen Felszinken, die Wangen von der frischen Luft gerötet, das blonde Haar von den Strahlen der Sonne vergoldet. Dann sprang sie herab und eilte dem südlichen Hange zu, wo tief unten wie ein düsteres Zyklopenauge, zwischen buschige Wimpern und Brauen gebettet, der See liegt. Der Anblick des Sees schien sie zu enttäuschen, sie hatte sich denselben größer vorgestellt und klar und grün, wie einen Alpensee. In ihrer gewohnten Energie wollte sie den Hang hinabeilen, und wir hatten Mühe, sie zurückzuhalten; denn gerade der Abstieg zum See ist höchst beschwerlich und stellenweise mit großen Gefahren verbunden: es gilt eine schroffe Seewand zu überwinden, deren Abschüssigkeit von oben nicht zu sehen ist. Wiewohl der See nur wenige hundert Fuß unter dem Gipfel des Berges liegt, so braucht man doch reichlich zwei Stunden, um hinabzugelangen.

Wir werden indessen den See selbst besuchen, lieber Leser, aber nur in Männergesellschaft, die Damen können wir unmöglich mitnehmen, und unsere angeborene Galanterie erfordert gebieterisch, dieselben jetzt zum

Rachelhause zurückzugeleiten, damit sie vor Nacht wieder in Rehberg eintreffen, denn so freundlich und liebenswürdig der Herr Revierförster von Mader auch sein mag, wir können ihm doch nicht zumuten, eine Karawane von 12 Personen über Nacht zu beherbergen – und auch dahin ist es noch weit.

Doch, lieber Leser, ich vergesse ja, daß du damals nicht mit warst und daß ich dir ja die Geschichte bloß erzählen wollte.

Der Abstieg ging glücklich vonstatten, und es ereignete sich nichts Bemerkenswertes. Die Schlanke blieb guten Humors, und auch die Starke kam nach und nach wieder ins Gleichgewicht, verschwor sich aber doch hoch und teuer, nie mehr eine solche Bergpartie zu unternehmen.

Gerade an der Landesgrenze zweigt ein Steig rechts ab, und den zu betreten kann verhängnisvoll werden, denn es würden vielleicht Tage vergehen, ehe man einen bewohnten Ort erreichen würde. Gar mancher, selbst Holzhauer, die doch Wald und Sumpf kennen, hat sich hier verirrt und ist nicht mehr zurückgekehrt. Ich kann darüber eine traurige Geschichte erzählen.

Es war im Oktober vor etwa zwanzig Jahren – ein nebliger, trüber Tag. Dampfend entquoll der Nebel den weiten Filzen und dem nassen Waldgrund, milchweiß und dick wie der Qualm aus dem nassen Reisig, das die Holzhauer im Walde anzünden, um die zuweilen quälenden Mücken abzuhalten. Er kletterte empor an den Stämmen der Urwaldfichten, er machte sie klebrig und umhüllte langsam Zweig an Zweig; nicht drei Schritte weit vermochte man zu sehen, und das sich niederschlagende Wasser rieselte herab von allen Steinen und Felswänden.

Fünf Holzhauer von drüben aus Guglöd hatten den ganzen Tag über hart an der Grenze im königlich bayerischen Walde gearbeitet. Gegen Abend machten sie sich auf, um eine der im Walde zerstreuten Holzhütten zu gewinnen. Im Nebel verfehlten sie die Richtung und wanderten die halbe Nacht in dieser entsetzlichen Öde umher. Als sie nirgends einen Ausweg fanden, gelang es ihnen endlich nach großer Mühe, unter einem Felsvorsprung ein Feuer anzumachen, und hier verbrachten sie, einigermaßen gegen Kälte und Nässe geschützt, die Nacht.

Eine furchtbare Nacht! Denn gegen Morgen gefror der Nebel buchstäblich, und es fing an zu schneien, wie es eben nur in diesem Gebirge zu schneien vermag. Binnen wenigen Stunden war alles fußtief mit einem schütteren Schnee bedeckt, der jedem Tritt nachgab. Die armen Holzhauer waren in ihrem Versteck buchstäblich eingeschneit. Was nützte es aber, fort mußten sie, denn sie hatten keinen Proviant mehr. Der Schnee hatte ihre Spur gänzlich verweht, und so ging es denn wieder hinaus, fast aufs Geratewohl, denn sie hatten keinen anderen Wegweiser als das Moos an den Bäumen. Dabei schneite es ohne Unterlaß; bald versperrte ein tückischer Sumpf ihnen den Weg und zwang sie, die Richtung ihres Marsches zu ändern, dann wurden sie wieder durch die zahllosen umgestürzten und übereinandergeworfenen Bäume aufgehalten. Gegen Abend verlor einer von ihnen den Mut und die Kräfte; er erklärte, nicht mehr weiterzukönnen, und blieb zurück.

Hunger und Verzweiflung trieben die anderen vorwärts. Diesmal mußten sie ungeschützt die Nacht im Freien zubringen; nicht einmal ein Feuer konnten sie anmachen, da sie kein trockenes Ästchen fanden. Sie kauerten sich, nachdem sie lange vergeblich um Hilfe gerufen, in einer Art Höhle nieder, welche übereinandergestürzte Bäume gebildet hatten. Als der Morgen graute, lag einer der Männer tot und starr inmitten seiner Kameraden, die übrigen drei machten sich wieder auf den Weg; jedoch schon nach wenigen Stunden blieb wieder einer zurück, so daß nur mehr zwei von den fünf übrig waren. Gegen Mittag kamen sie an den Ort, *wo sie die erste Nacht zugebracht hatten*. Halbtot vor Ermüdung, Kälte und Hunger, schlugen sie die entgegengesetzte Richtung ein. Der eine der beiden war ein ungemein kräftiger Mann von etwa 35 Jahren, der andere ein kaum 20jähriger Jüngling. Letzterer erklärte gegen drei Uhr nachmittag, gleichfalls nicht mehr weiterzukönnen. Alles Zureden des älteren Genossen war vergeblich. Umsonst wies dieser darauf hin, daß ja der Schneefall nachgelassen habe und ihnen möglicherweise Hilfe werden könnte, der Bursche möge nur noch kurze Zeit seine Müdigkeit überwinden; der Unglückliche sank erschöpft zusammen, und sein älterer Gefährte konnte nichts weiteres tun, als ihn zu ermahnen, er möge tunlichst darauf sehen, daß er nicht einschlafe, worauf er ihn mit dem Versprechen verließ, ihm Hilfe zu bringen.

Kaum eine halbe Stunde später vernahm der nunmehr allein Übriggebliebene das Bellen eines Hundes. Er rief und pfiff, und richtig kam ein fürstlicher Heger, der ihm Hilfe brachte. Sie kehrten zurück zu dem jungen Burschen, doch war derselbe bereits eine Leiche. Vergeblich jedoch war das Suchen nach den übrigen drei Gefährten; man fand keine Spur mehr von ihnen, trotzdem die aufgebotenen Leute den Wald nach allen Richtungen durchsuchten; der Schnee hatte sie in ein weites Leichentuch gehüllt.

Erst im nächsten Sommer fand man zwei Skelette, deren Gliedmaßen von den Füchsen zerrissen und von den Ameisen rein abgenagt worden waren. Von dem dritten aber wurde keine Spur mehr gefunden. Hatte der Filz ihn verschlungen? Hatten fallende Bäume oder üppig wucherndes Moos ihn begraben? Wer wüßte es zu sagen.

Mir aber hat vor nicht langer Zeit das Weib des Überlebenden die Geschichte erzählt, tief drinnen in unserem böhmischen Land, wohin sie jährlich wallt zum heiligen Berg bei Příbram, getreu dem Gelübde, das sie der Jungfrau getan, als ihr Mann zurückkehrte.

So liegt wohl noch mancher drinnen im tiefen Walde in der heiligen Erde, welche die Mutter Natur selbst geweiht. Die zuckenden Flammen, von denen Holzhauer und Hirten erzählen, die oft hoch über den Wipfeln der Bäume aufflackern, mögen wohl die Seelen der armen Verzweifelten sein, die hier ihr schauerliches Ende gefunden. Die Leute gedenken ihrer wenigstens, wenn sie der Flammen ansichtig werden, schlagen ein Kreuz und sprechen ein requiescat.

Doch zurück zu unseren Damen. Sie haben höchst eigenhändig im Rachelhaus eine Einbrennsuppe gekocht, mit ihrer Bedeckungsmannschaft einen Schinken verzehrt und sind nun auf ihrem Leiterwagen auf dem Rückweg nach Rehberg begriffen. Wir begleiten sie im Geiste und erfahren, daß die Üppige sich ihren weißen Arm an den Wagenketten blau und schwarz geschlagen hat, während die Schlanke durch das Schütteln von Kinitz-Tetau ab über Schlösselwald seekrank geworden ist.

»Aber gehen Sie«, soll erstere etwas bissig gesagt haben, als letztere traurig das Köpfchen zur Seite neigte und Stoßseufzer gegen Himmel sandte, »aber gehen Sie, das ist ja so lustig!«

So, meine schönen Leserinnen, jetzt erwägen Sie einmal, ob Sie Lust haben, den Rachel zu besteigen. Die Partie in einem Tage zu machen erfordert mindestens 12 Stunden teils Fahrt im Leiterwagen auf schauerlichen Wegen, teils Fußmarsches; wollen Sie aber zwei Tage auf die Reise verwenden, so müssen Sie sich schon entschließen, mit oder ohne Zacherlpulver im Rachelhaus zu bleiben. Letzteres entfiele nur dann, wenn der Herr

Revierförster von Mader Sie in seinem Forsthause behielte; dann müßten Sie aber immer noch acht Stunden unterwegs bis zum Rachel und zurück zubringen. – Du aber, lieber Leser, der du rüstig bist und einige Nächte im Rachelhaus nicht scheust, kannst schon mit mir dort bleiben, denn ich habe noch manche Partie mit dir vor, ehe wir diese Gegend verlassen.

Sechstes Kapitel

Das Waldvieh und seine Feinde – Grenzkrieg – Eine
Epopöe von 1809

*E*s wurde bereits angedeutet, daß es für Leute unseres Schlages, die es über sich bringen können, einige Tage das gewohnte Fleisch durch Milch zu ersetzen, und deren Haut nicht allzu empfindlich ist für die Stiche kleiner Feinde, über deren Zweck die Verfechter des Schöpfungsutilitätsprinzipes sich bisher in ein verlegenes Schweigen hüllen, am besten ist, das Hauptquartier auf einige Tage im Rachelhause aufzuschlagen und von da an mit Muße Ausflüge in die Wälder zu unternehmen.

Da empfiehlt sich zum Beispiel ein Spaziergang nach dem etwa zwei Stunden weiten Geierruck, einer düsteren Waldwildnis, unterbrochen von filzigen Gründen und weiten, grasreichen Schlägen, wo zur Sommerszeit das Vieh der künischen Bauern aus der Gemeinde Rehberg weidet. Dieses Vieh – Jungvieh, Ochsen und Stiere – bleibt den ganzen Sommer hindurch von Johanni bis Michaeli im Freien; es steht unter der Obhut mehrerer sogenannter Stierhüter und bildet eine Herde von 600 bis 800 Stück, deren Glockengeläute weithin in der lautlosen Stille des Waldes vernehmbar ist. Die Hirten – es sind ihrer in der Regel drei bis vier – erhalten gewöhnlich einen Gulden pro Stück und Saison, weshalb ein solcher Posten, der für die dortigen Begriffe ein kleines Vermögen in Aussicht stellt, Gegenstand lebhafter Konkurrenz zu sein pflegt.

Übermäßig angestrengt sind diese freien Söhne des Waldes in der Regel nicht; sie führen vielmehr zumeist ein traumhaftes Dasein und lassen die Herde ziehen, wie es ihr eben beliebt. Wohl kommt es häufig genug vor, namentlich in der ersten Zeit nach dem Austrieb, daß einzelne Stücke sich von der Herde absondern und brüllend mit nie fehlendem Orientierungsvermögen den gewohnten Ställen zueilen; doch geht das den Hirten nichts an: die Bauern mögen selbst zusehen, wie sie das heimgelaufene Vieh der Herde wieder zuführen. Sie selbst verlassen ihre Herde nicht und haben vor allem die Verpflichtung, im Walde verirrte Tiere, die sich durch das Läuten ihrer Glocken gewöhnlich bald verraten, zur Herde zurückzutreiben.

Einmal in der Woche trägt man ihnen Proviant zu, und die Nächte verbringen sie entweder bei loderndem Feuer im Freien oder in den sogenannten Stierhüterhütten, die den schon früher erwähnten passageren Holzhauerhütten vollständig gleichen.

Zuweilen gibt es aber doch Tage wilder Aufregung und harter Mühsal. Die Herden haben nämlich hauptsächlich zwei Feinde, vor deren tückischen Anschlägen die Hirten immer auf ihrer Hut sein müssen. Der erste Feind ist das Terrain, nämlich die tiefen, felsigen Schluchten, das Wurzelgewirr am Boden und besonders die Sümpfe und die tiefen Wasserlöcher. Manches Stück stürzte hinab in schaurige Klüfte, manches verfing sich wie in Fußangeln zwischen den Wurzeln, aber ungezählt war besonders in früheren Zeiten die Menge derjenigen, deren Gebeine tief unten modern am Grund der schwarzen Wasserlachen mit hohem Ufer und voll halbverfaulter Rauen und im breiigen Schlamm der verräterischen Sümpfe, wo die Tiere langsam, aber unrettbar versinken, wobei jede Anstrengung, sich zu befreien, sie noch tiefer in den zähen, schwarzen Moder hineintreibt.

Trockene Jahre gehören im Gebirge zu den größten Seltenheiten; als ich vor vier Jahren zum letztenmal am Geierruck war, konnte man selbst den Weitfällenfilz und den großen Zigeuner gefahrlos passieren, die sonst völlig grundlos sind.

Es kommt vor, daß plötzlich, aus unbekannten Ursachen, vermutlich infolge peinigender Insektenstiche, die ganze Herde in unbeschreibliche Aufregung gerät. Die Tiere fangen an, ängstlich zu brüllen, heben die Schwänze fast senkrecht in die Höhe, und fort rast die Herde, daß der Boden unter den Hufen donnert, die jungen Bäumchen knickend, über Stock und Stein, durch dick und dünn, über Rauen und Geröll, unaufhaltsam, wie von dämonischer Angst getrieben. Da ist es nun schon vorgekommen, daß viele der Tiere in den Klüften und Sümpfen zugrunde gegangen sind. Die Hirten sind natürlich solchen Ausbrüchen der Panik gegenüber vollständig wehrlos. Wohl laufen sie der fliehenden Herde nach, doch wenn sie dieselbe erreicht haben, ist ohnehin die Ruhe bereits wiedergekehrt, und sie mögen zusehen, was sie von den Gestürzten, Versprengten, im Sumpf Steckengebliebenen zu retten vermögen.

Daß auch hier der Mensch in seiner Ohnmacht auf die Annahme übernatürlicher Gründe solcher Vorkommnisse geleitet wurde, ist selbstverständlich. Die tückische »Weihritz« (Gespenst), die solches Unheil anrichtet, ist der überaus gefürchtete Viehscheuch, ein Gespenst, über dessen Wesen vage, einander widersprechende Ansichten und Hypothesen im Schwunge sind. Ein alter Hirt versicherte mich, den Unhold bei hellem Tage gesehen und gehört zu haben. Es sei vor seinen Augen ein kleines Männlein, kaum schuhhoch, aus dem Dickicht hervorgesprungen; seine Haare seien gesträubt und hochgelb gewesen, so daß sein Kopf ausgesehen habe wie ein zerfaserter Strohwisch. Das Männlein sei langsam an das weidende Vieh herangekrochen und habe plötzlich ein leises, singendes Summen, wie etwa tausend Gelsen auf einmal, ertönen lassen. Daraufhin sei das Vieh in der oben beschriebenen Weise »biesend« durchgegangen, worauf das Männlein ein leises, aber durchdringendes Hohngelächter erschallen ließ. Ihn selbst habe ein solches Grauen befallen, daß er wie gebannt stehengeblieben sei, ohne es die längste Zeit hindurch zu wagen, dem entlaufenen Vieh zu folgen. So der eine. Der andere will wieder ein »unterirdisches Peitschenknallen« gehört haben; ein dritter dagegen behauptet, der Viehscheuch sei eigentlich nichts anderes als der König alles stechenden Geschmeißes, der ab und zu den Schoß der Erde öffne und seine Untertanen hervorlasse, worauf er sich in Gestalt eines großen Vogels in die Lüfte erhebe, um aus der Vogelperspektive die Wirkungen seiner Bosheit zu beobachten. – Wer dächte da nicht an Beelzebub, den Fliegenfürsten der Philister und der Kinder Ammons? Dieser ganze Aberglauben erinnert übrigens an die griechische Sage von Pan und an den Schrecken, den dieser Kakodaimon unter den Hirten aussäete.

Der zweite Hauptfeind, der es auf die Herden abgesehen hat und der namentlich in letzter Zeit immer kühner wird und immer häufiger wiederkehrt, sind die Viehdiebe aus Bayern. Seit Fürst Bismarck die Viehschutzzölle durchzuführen gewußt hat, steht zu befürchten, daß diese liebenswürdigen Gäste ihre segensreichen Ausflüge über unsere Grenze noch öfter wiederholen werden, als dies bis nun geschah, was wieder zur Verschärfung des beständigen kleinen Krieges, der an der Grenze ohnehin herrscht, beitragen dürfte. Den Bayern zur Ehre soll hier gesagt sein, daß bemeldete Viehdiebe in der Regel keine geborenen Kinder ihres Landes sind, sondern meist unsere eigenen Landsleute, die sich jenseits der schwarz-gelben Grenzpfähle ansässig gemacht haben. Von der Hehlerei sind jedoch unsere lieben Nachbaren nicht freizusprechen. Einem Bauer aus Rehberg wurde vor etlichen Jahren ein Ochs gestohlen. Auf die ihm zugekommene diesbezügliche Meldung machte er sich auf den Weg, um nach den Tätern zu forschen, die untrügliche Spuren hinterlassen hatten. Diesen Spuren folgend, kam der Mann in ein bayerisches Walddorf, allwo sich auch ein Gendarmerieposten befand. Er machte dem Kommandanten die Anzeige und verfügte sich mit einem Freunde, der ihn begleitete, in ein Wirtshaus. Hier saßen sie eben, ruhig ihr Glas Bier trinkend und ein frugales Mahl verzehrend, als der Wirt eintrat, mit einem langen Messer in der Hand.

»Hörst, Böhm«, redete er seinen Gast an, »di hot da Satan einabroat. Oostecha kunnt i di, wiara Goaskitzl!« (Dich hat der Satan hereingebracht. Abstechen könnte ich dich, wie ein Geißzicklein!)

Ganz betroffen blickte der Bauer den Wirt an, der mir nichts, dir nichts so lockende Anerbietungen machte.

»Schau mi nur on, du Malefiz Hundsböhm«, fuhr dieser fort. »Z'we host mi ofta b'n Schtantaren onzoigt? Bin i leit a Diab? Hin muast sei, du mistig's Oos du.«

Jetzt legte sich der Begleiter des Bedrohten ins Mittel. Er zog einen sechsläufigen Revolver und legte auf den Wirt an. »Stich zu, wennst Courage hast«, rief er, »zuerst aber mach dein Testament.«

Auf diese nicht mißzuverstehende Drohung glitt der Wirt brummend aus der Stube; die beiden jedoch machten, daß sie fortkamen, und der Beschädigte ließ lieber seinen Ochsen im Stich, den er auch nie wiedersah. Wie er später erfuhr, hatten die Gendarmen eine Hausdurchsuchung bei dem Wirte vorgenommen, ohne daß seine Gäste etwas davon gemerkt hatten, »weil dieser ein bekannter Hehler war«. Daher auch seine Wut.

Hier war es, wie wir gesehen, bloß zum Austausch von Drohnoten und zum Abbruch der diplomatischen Beziehungen ohne weitere Folgen gekommen. Mitunter jedoch gehen die Sachen weiter, und zuweilen werden sogar Schüsse und Messerstiche ohne vorhergehenden Notenwechsel eingetauscht. Von Kämpfen mit Wildschützen habe ich schon bei früheren Gelegenheiten gesprochen; hier will ich bloß noch einige Fakta aus jüngstvergangener Zeit erwähnen, die alle das etwa zwei Stunden entfernte Pürstlinger Revier betreffen.

Vor zirka 15 Jahren fand man den Heger W... im Walde erschossen; die Täter waren offenbar bayerische Wildschützen. Der Ermordete ruht am Friedhof zu Rehberg, wo ein einfaches Kreuz mit der entsprechenden Inschrift sein Grab schmückt.

Vor etwa 10 Jahren erschoß der fürstliche Forstadjunkt P. in der Selbstverteidigung einen bayerischen Wilddieb. Als die Nacht anrückte, war plötzlich das Pürstlinger Forsthaus von einem Dutzend drohender Gestalten umstellt. Dem Förster wurde zugerufen, er möge sich zeigen, widrigenfalls man das Haus stürmen und alles massakrieren würde. Der also Begehrte erschien am Fenster, und nun begannen die Unterhandlungen. Man versicherte den Förster, daß man durchaus nicht die Absicht habe, ihm oder seiner Familie ein Leid zuzufügen, den Adjunkten aber müsse er herausgeben, sonst würde man Haussuchung halten; dieser habe Menschenblut vergossen und müsse sterben.

Der Förster beschwor die Männer, ihn in Ruhe zu lassen und nach Hause zu gehen; der Gesuchte sei übrigens entflohen, und die Gerichte würden ihnen ja Satisfaktion verschaffen, falls er schuldig sei.

Das half nichts. Die Herren vom Busch äußerten sich sehr despektierlich über die Gerichte und verlangten schließlich stürmisch Einlaß, der ihnen auch bewilligt

Straße in Winterbergisch

werden mußte. Sie durchstöberten das ganze Haus vom Boden bis zum Keller, warfen sogar das Heu durcheinander, fanden jedoch den Gesuchten nicht. Nach einer Version war derselbe bereits entflohen, da er wohl wußte, was ihm im Falle längeren Verbleibens unvermeidlich drohte; nach einer anderen war er, während seine Feinde das Haus durchsuchten, in einem Krautfaß verborgen gewesen und hatte es nur dem übergroßen Eifer seiner Verfolger zu verdanken, daß er nicht entdeckt wurde; erst nachdem seine Feinde sich entfernt hatten, war er aus der Gegend bei Nacht und Nebel entflohen.

Auch der Sommer 1886 brachte ein trauriges Ereignis. Nicht weit vom Pürstlinger Forsthause ziehen sich unmittelbar an der Grenze grasige Flächen hin, deren Heu vom fürstlichen Forstamt an die Bauern – die Fuhre um 50 kr. – verkauft wird. Es ist daher selbstverständlich verboten, dieses Gras zu schneiden, und Zuwiderhandelnde geraten oft mit dem Aufsichtspersonale in Konflikt. Da geschah es denn in den letzten Julitagen, daß sich eine Anzahl Weiber aus dem benachbarten Bayern einfand mit Sicheln und Tragkörben – das Heu wächst ja im Walde –, und commune ist nach der Logik und Grammatik dieser Hinterwäldler nicht, was einen Mann und eine Frau bezeichnen kann, wie wir armselige Bücherwürmer in der Prima gelernt haben, sondern was der gütige Herrgott ohne menschliches Zutun »von selbst« in der Natur entstehen, werden und wachsen läßt, also Hasen, Rehe, Waldbäume und Waldgras. – Der Heger B. aus Pürstling, der dazukam, mochte hierüber anderer Ansicht sein, denn er wollte ohne weiters zur Pfändung der Körbe und Sicheln schreiten. Sämtliche Weiber ergriffen die Flucht und hatten mit wenigen Schritten die Grenze erreicht, wo die Macht des Hegers ein Ziel fand; nur eine blieb, ein junges Weib von 24 Jahren, Mutter von drei Kindern. Was nun geschah, wird wohl nie jemand ganz genau erfahren; am meisten noch dürfte das k. k. Kreisgericht Pisek darüber wissen, welches sein Urteil in dieser Sache gefällt hat. Nach der Aussage des Hegers drohte diesem das Weib, ihm mit der Sichel den Bauch aufzuschlitzen, und ging auch auf ihn los, worauf er gegen sie einen Schreckschuß abfeuerte. Nichtsdestoweniger soll das Weib nicht nachgegeben, vielmehr das Rohr des Hegers ergriffen und versucht haben, ihm das Gewehr zu entreißen. Bei dieser Balgerei soll der andere Lauf losgegangen sein: der Schuß ging der Unglücklichen durch den Hals; sie wankte einige Schritte rückwärts und stürzte tot zu Boden.

Dieser Darstellung widerspricht jedoch der Umstand, daß man die Leiche bereits jenseits der Grenze fand. Sei dem wie immer, der bayerischen Grenzbevölkerung jener Gegend bemächtigte sich eine ungeheuere Aufregung. Racheschnaubend bewaffneten sich die Männer und eilten an die Grenze. Wer damals in der Gegend war und die Gerüchte hörte, die einander drängten, mußte glauben, er befinde sich auf Korsika oder in der Krivošije, wo die Blutrache in vollem Schwung steht.

Noch an demselben Tage wurde der Heger fortgeschafft, seine Familie, sogar sein Vieh wurde gleichfalls fast augenblicklich aus dem Hegerhause delogiert und bis auf weiteres in Mader förmlich interniert, da das ganz bestimmte Gerücht auftauchte, als beabsichtigten die empörten Verwandten der Getöteten, das Hegerhaus niederzubrennen und alles Lebendige niederzumetzeln. Desgleichen wurde der Gendarmerieposten zu Rehberg um zwei Mann verstärkt und die Grenze unablässig scharf invigiliert. Über den Verlauf des Prozesses vermag ich nicht zu berichten, habe bloß vernommen, daß der Heger zu zwei Jahren schweren Kerkers verurteilt worden ist. Die meisten Leute, die den Mann gekannt, bezeichneten denselben als einen jähzornigen, heftig aufbrausenden Menschen, der bei jeder Gelegenheit mit Totschießen drohte.

Das ist der kleine Krieg, der fast ununterbrochen an der Grenze geführt wird, hier wie weiter nach Norden und Süden hin. Es gab aber eine Zeit, wo sich ein ganz regelrechter Krieg an der Grenze zu entspinnen drohte. Das Hauptquartier der Verteidiger unserer Grenze befand sich allerdings nicht in der Rachelgegend, vielmehr weiter nordwärts, gegen Hurkental zu. Doch da eben vom Grenzkrieg die Rede war, möge hier jener bewegten Epoche gedacht werden.

Vergeblich, lieber Leser, wirst du die Annalen der Geschichte durchblättern: die Namen und Tathandlungen jener kühnen Recken findest du nicht verzeichnet, ihres Führers Namen »meldet kein Lied, kein Heldenbuch«; weil aber keines Sängers Fluch auf ihm lastet, so sei es mir gestattet, ihn hervorzuziehen aus der ewigen Nacht, in der er sonst versinken könnte. Ich habe ihn noch gekannt, den braven Hauptmann, der erst vor wenigen Jahren, an hundert Sommer alt, zur großen Armee eingerückt ist. Er hieß *Mathias Prinz von Buchau*, war Sohn des Primators von Bergreichenstein, seine Mutter war eine geborene Abele. Seines Zeichens war er, seinem adeligen Blute hohnsprechend, gelernter Braumeister, doch als solcher nur ab und zu in Aktivität.

Als im Jahre 1809 die Franzosen und die mit ihnen vereinigten Truppen des Rheinbundes die Österreicher aus Bayern zurückdrängten, da hieß es plötzlich, der Marschall Davoust werde mit einem Armeekorps in Böhmen einrücken. Mit anerkennenswertem Patriotismus bewaffnete sich die Grenzbevölkerung, und eine Abteilung dieses improvisierten Landsturmes erhielt den erwähnten Mathias Prinz von Buchau zum Hauptmann und Kommandanten. Welche militärische Antezedenzien oder was sonst für Verdienste demselben diese

Ehre eintrug, habe ich nie in Erfahrung bringen können, was mir in Anbetracht der Spärlichkeit der Quellen gütigst verziehen werden möge. Die Feinde und Neider des Kommandanten behaupteten, seine Ernennung sei ein trauriges Zeichen des damals herrschenden Protektionssystems, denn der Hauptmann könne nicht einmal schreiben; er selbst dagegen bezeichnete sich als das Opfer von Intrigen, da er mindestens den Oberstentitel verdient habe. Er allein sei es gewesen, der den Landsturm organisiert habe; den Vorwurf aber, er könne nicht schreiben, müsse er als eine niederträchtige Infamie zurückweisen; er mache sich erbötig, vor jedermann seinen Namen niederzuschreiben, nur dürfe man ihn nicht unterbrechen, da er sonst irre würde und von neuem anfangen müsse. Wem soll man nun in Anbetracht so widersprechender Angaben glauben?

Im Feber des Jahres 1809 hatte sich ein hochwohllöblicher Kriegsrat entschieden, den Kampf gegen Napoleon von Böhmen aus zu beginnen; damals war es, daß unser Hauptmann mit seiner Heldenschar bis an die Grenze rückte. Er soll dort zahlreiche Ansprachen an seine Leute gerichtet und die Grenze gar scharf beobachtet haben; leider verlautbart gar nichts über die Details dieser Kriegsepoche mitten im Frieden. – Im März änderte die Regierung zu Wien plötzlich ihren ursprünglichen Plan, zog die schon bereitstehenden Truppen aus Böhmen weg und beschloß, den Kriegsschauplatz an die Donau zu verlegen und längs dieses Stromes dem Feinde entgegenzugehen.

Den »Hauptmann« Prinz und seine Untergebenen betraf diese Maßregel nicht; er blieb, wo er war. Mit dem 9. April, dem Tage, wo Erzherzog Carl den Inn überschritt, begann der eigentliche Krieg. Schon am 19. wurden die Österreicher bei Abensberg besiegt, am 22. bei Eckmühl. Die Trümmer des geschlagenen Heeres zogen sich auf das linke Donauufer zurück und von da nach Böhmen. Die Franzosen folgten ihnen nicht dahin, drangen jedoch unaufhaltsam am rechten Ufer des Stromes in Österreich vor; in Böhmen entstand jedoch, namentlich in den Grenzgebieten, eine furchtbare Aufregung, und man erwartete täglich einen allgemeinen Angriff auf die Grenze.

Soviel zur Orientierung. Jetzt beginnt unsere eigentliche Geschichte, die ich natürlich nur bruchstückweise wiedergeben kann.

»Regensburg ist von den Franzosen erstürmt!« wurde dem Hauptmann gemeldet. – »Himmelsakrament!« schrie derselbe erschrocken auf, schnallte seinen Säbel um, bedeckte sein Haupt mit einer Art Bärenmütze und stürmte in den Wald hinaus. Alle Waldwege, alle Orte, die einen Überblick der Gegend gestatteten, wurden besetzt und den Leuten eingeschärft, ja recht wachsam zu sein und alles Verdächtige zu melden, um keinen Preis jedoch ihren Posten zu verlassen. Der Hauptmann war unermüdlich im Postenvisitieren, trotz Sturm, Schnee und Regen; er brachte sogar sein Leben in große Gefahr, denn einer der ausgestellten Posten hielt ihn in seiner Herzensangst und von der beginnenden Dunkelheit getäuscht, für einen nahenden Feind und feuerte sein Gewehr auf ihn ab, worauf er, ohne die weitere Entwicklung der Dinge abzuwarten, sein Gewehr wegwarf und die rascheste Flucht ergriff, seinen Posten und den Zeter und Mordio schreienden Hauptmann aber schnöde ihrem Schicksal überließ.

»Elende Kanaille!« brüllte dieser. »Vors Kriegsgericht! Erschießen! Hängen!« Da jedoch der schreibkundige Unteroffizier, den er mit dem Bericht ans Generalkommando zu betrauen gedachte, drei Stunden weit entfernt war, so verschob er die Sache, und die sich nun drängenden Ereignisse brachten sie in Vergessenheit.

Der Hauptmann hatte eben seine Runde beendet und sich in einer Holzhauerhütte, die das Hauptquartier vorstellte und von deren Balkendach eine schwarzgelbe Fahne flatterte, zur Ruhe begeben. Zirka 20 seiner Leute teilten entweder sein Quartier oder lungerten da und dort im Walde herum.

Gegen Mitternacht stürmte plötzlich eine schreckensbleiche Gestalt in die Hütte.

»Himmelsakra, aus ist's! Kommen schon!« schrie der Mann. Alles wurde wach, nur der Kommandant war nicht zu erwecken. »Wenn er Rum saft«, meinte einer, »is' ollemol a so mit eahm!« – »D' Franzosen kimment, und der Hauptmann is nöt zum Derwecken!« jammerte ein anderer ganz kleinlaut. Erst einige Spritzer kalten Wassers sollen die gewünschte Wirkung hervorgebracht haben, indessen hatte sich jedoch bereits ein Teil der draußen Herumstehenden leise und ohne den Befehl hiezu zu erwarten rückwärts konzentriert.

»Kreuz und Herrgott!« schrie der Hauptmann, jetzt munter werdend, »das ist ja der Schnackl-Toni. Du Esel, du, du ... wie kannst denn du deinen Posten verlassen?«

»Ich tät Eana schön bitten, daß ich melde gehorsamst ...«, begann jener und brachte eine konfuse Erzählung von seinen Erlebnissen vor. Er war am weitesten vorgeschoben gewesen, hart an der Grenze. Da habe er in der Dunkelheit Waffengeklirre und Stimmen gehört – immer näher und näher sei es gekommen. Er aber habe ein Kreuz geschlagen und ein Stoßgebet hergesagt. Die Bewaffneten seien endlich ganz herangekommen, es seien richtig fünf Franzosen gewesen. (In Wahrheit war es eine bayerische Streifpatrouille, doch waren ja die Bayern mit den Franzosen verbündet.)

»Und was hast du getan?« herrschte der Hauptmann.

»Präsentiert hob i; is jo an Offizier dabeigewesen«, sagte mit Taubeneinfalt der Mann.

Eine Flut von Verwünschungen und Schimpfwörtern ergoß sich über das Haupt des schneidigen Kriegers.

»Warum hast du nicht geschossen!« fragte endlich der Hauptmann, noch immer schnaufend vor gerechter Entrüstung.

»Aber i bitt Eana, i gegen fünf!«

»Was geschah weiter?«

»Do ist der Offizier hergangen und hat g'sogt: ›Her mit'n G'wihr‹, hot er g'sogt, und aussagrissen hot er mer's. Oftan (hernach) hot er g'sogt: ›Schau, dast hoamkimmst‹, und a Ents-Watschen (ents = ungeheuer groß) hot er mer a (auch) nu geb'n.«

Die geflügelten Worte des Helden, seine verstörten Mienen und der deutlich auf seiner Wange stehende Beweis der erlittenen Realinjurie verfehlten nicht, auf die Zuhörer einen tiefen Eindruck zu machen. Einige hatten bereits die Türe hinter sich, die übrigen schickten sich an, ihren Kameraden zu folgen.

»Dableiben, ihr Hunde!« brüllte der Hauptmann.

»A na«, sagte einer, »fürerst müssen wir's den Weibern sagen, damit sie unsere Siebensachen in sicheres Versteck bringen.«

»Du blasest jetzt Alarm!« wandte sich der Hauptmann an den ihn stets begleitenden Hornisten.

»Dös verlongen S' nöt von mir«, bat dieser, »do hörn jo dö grod, wo mir (wir) san.«

Es war nichts zu machen; ein panischer Schrecken hatte die Leute ergriffen. Sie dachten nicht mehr an ihre im Wald zerstreuten Kameraden, die sie ablösen sollten, und eilten stracks heim. Fluchend folgte der Hauptmann, fürchterliche Drohungen von Dezimieren und so weiter ausstoßend.

»Ich hab's immer gesagt«, polterte er, »die Glasmacher taugen nicht zu Soldaten! Das ist das nichtswürdigste Gesindel, das Gott erschaffen hat.«

Stunde auf Stunde verrann indes, und die armen Wachposten im Walde harrten vergebens auf Ablösung. Als ihnen die Geschichte endlich zu lange dauerte, machte sich einer nach dem anderen auf den Weg ins Hauptquartier, und als sie dieses leer fanden, gingen sie nach Hause.

Hier angelangt, fanden sie alles in namenloser Verwirrung; die Weiber schleppten heulend ihre Sachen in den Wald, um sie dort zu verstecken. Die Männer trieben das Vieh fort, die Kinder plärrten – kurz, es war, als rücke der Oxenstiern oder die berüchtigten Kroaten Trenks heran.

Der Hauptmann war dieser meuterischen Panik gegenüber machtlos; er fand keinen Gehorsam, trotzdem er mit dem Säbel wie rasend herumfuchtelte und der Luft schwere Verletzungen beibrachte. Endlich zog er sich wütend ins Abelesche Herrenhaus zu Hurkental zurück und schloß sich in ein Zimmer ein.

Gegen Abend, nachdem er sich mit Hilfe von Bier und Rum neue Tatkraft gesammelt, trieb ihn sein Pflichtgefühl mächtig ins Freie. Er mußte doch nachsehen, was aus seinen Leuten geworden. Alles war wie ausgestorben, als er die Wohnungen der Glasmacher umschritt. Ein Tepp (Kretin) war zurückgeblieben, der saß auf der Schwelle einer Hütte und grinste den Gestrengen an.

»Wo sind die Leute?« fragte dieser, mußte jedoch die Frage mehrmals wiederholen, ehe der Blödsinnige begriff. Er deutete schließlich mit der Hand nach einer bestimmten Richtung. Der Hauptmann wußte, daß gerade in der bezeichneten Gegend schier undurchdringlicher Urwald den Boden bedeckte; er war nie dort hineingekommen, was hätte er auch dort gesucht? Diesmal jedoch mußte es sein. Er nahm noch einen herzhaften Schluck aus seiner Feldflasche, gürtete den Säbel fester, verwahrte den Federbusch, damit die niederhängenden Zweige denselben nicht abstreiften, und schritt fürbaß dem Walde zu.

Ich will schweigen von den unsäglichen Mühseligkeiten, die das verwünschte Terrain dem Wackeren bereitete, ich müßte bereits bekannte Schilderungen wiederholen. Der Schluß aber ist grausig.

In der Dunkelheit umhertappend, fand sich unser Held plötzlich wie von Fußangeln gefangen, je mehr er strampelte, desto fester verhaspelten sich seine Füße, so daß er schließlich zu Boden fiel. Er fuhr mit den Händen um sich; da war es ihm, als ob lange, endlose, feste Fäden dieselben umspannten, die langsam, aber mit tückischer Hartnäckigkeit auch Kopf, Gesicht und Hals, ja den ganzen Körper umzogen, bis er endlich, vollkommen gefesselt, kein Glied mehr zu rühren vermochte und ruhig in all dem Wust liegenbleiben mußte.

Blendwerk der Hölle! Ränke des bösen Feindes! dachte der Unglückliche und fing an zu brüllen, daß Wald und Fels widerhallten. Umsonst!

»Herrgott im Himmel! In deine Hände empfehle ich meinen Geist! Rette wenigstens meine Seele aus diesen Banden!« jammerte der Gefesselte, in dumpfer Verzweiflung sich einem entsetzlichen Schicksal ergebend.

Lange Stunden mochte er so dagelegen sein, als plötzlich der Klang menschlicher Stimmen an sein Ohr drang. Es waren Weiber, die sich näherten.

»Da muß es sein«, sprach die eine. »Ich glaube, tausend Schritt weiter«, sagte eine andere.

»Hier ist es, hier!« schrie der Bemitleidenswerte. »Helft mir um Gottes willen!«

Als die Weiber diese Stimme hörten, wären sie beinahe entflohen. Nur die eine hatte den Mut zu sagen: »Bist du ein guter Geist, so nenne den Namen Jesus!«

»Jesus Maria!« rief die Stimme. »Ich bin aber gar kein Geist; es hält mich nur etwas fest. Helft!«

Auf diese Rede kamen die Weiber näher.

»Jessas – do san jo die Spinnradeln!« rief triumphierend die eine.

Und so war es auch. Der arme Hauptmann war in die Spinnräder geraten, welche die Glasmacherweiber in einem großen Haufen hier im Walde deponiert hatten, um sie vor den Augen des beutegierigen Feindes zu verbergen. In den Rädern hatten sich seine Füße gefangen, der daran hängende Flachs und das gesponnene Garn hatten bei seinen Befreiungsversuchen immer mehr seine Hände und schließlich auch den übrigen Körper umzogen.

Mit vieler Mühe befreiten ihn die Weiber aus seiner fatalen Lage. Kaum fühlte er sich frei und hatte erkannt, welcher Art das Verhängnis sei, das ihn hier so gefesselt, als er in homerische Wut ausbrach.

»Euch soll der T... holen, ihr vermaledeiten Weibsbilder! Wer hat euch befohlen, hieher die Spinnräder zu tragen? Rädern sollte man euch, ihr Vetteln!«

Dies und noch viel andere Verbindlichkeiten sprach er zu den verblüfften Weibern, die ihm noch gutherzig den Heimweg zeigten, und – ging. Von diesem Augenblicke an hatte er aufgehört, Hauptmann zu sein. Die Schlachten von Aspern und Wagram, die Befreiungskriege, der Einzug der Verbündeten in Frankreich – das alles ließ ihn kalt; nie wieder dachte er daran, eine militärische Rolle zu spielen. Den Titel Hauptmann jedoch behielt er bei und hörte sich gerne noch in späteren Tagen so nennen.

Wie schon früher gesagt, ich lernte ihn als hochbetagten Greis kennen, und er hat mir das alles selbst erzählt und andere auch, welche die Geschichte vom Hörensagen kannten. Ich war bestrebt, objektiv zu sein, wie es einem Historiker geziemt, er aber vergaß gar manches und wurde nicht müde, darüber zu klagen, wie undankbar das Vaterland oft das Verdienst lohne.

»Mir allein verdankt es Böhmen«, pflegte er zu sagen, »daß es in jener schrecklichen Zeit von feindlichen Einfällen verschont blieb. Der Marschall Davoust« (er sprach den Namen aus, wie er geschrieben wird) »hörte, daß an der Grenze ein Prinz kommandiere; er mußte also beträchtliche Streitkräfte da vermuten und wagte keinen Angriff. Freilich, wenn er gewußt hätte, was für Kanaillen die Glasmacher sind, da wäre er schon gekommen! Doch wer hätte ihm das sagen können? So feige und undisziplinierbar diese Rotte auch sein mag, Spione, Gott sei Dank, gibt es doch keine unter ihnen.«

Mit neunzig Jahren tanzte der wackere Exhauptmann noch gar fest bei den Kirchweihen mit den jüngsten Mädchen; bei einer solchen Gelegenheit machte er mir auch folgende vertrauliche Mitteilung:

»Sehen Sie; ich bin in meinem Leben nur einmal ein dummer Kerl gewesen. Das war im Jahre 1848; da hätte ich die Emerenz totschlagen sollen.«

Ich blickte ihn fragend an.

»No ja!« bekräftigte er.

»Wer ist denn das, die Emerenz?«

»Ah, die haben Sie nicht gekannt, die Zange! Das war meine Alte; eine miserable Bißgurn das! Im Jahre 1848 hätte ich es tun können, damals war die Freiheit. Ich aber habe die Gelegenheit verpaßt, und später wäre die Geschichte mit Schwierigkeiten verbunden gewesen.«

Jahre sind seitdem dahingegangen, und der ehemalige Hauptmann ist heimgegangen zu seinen Vätern. Möge die Erde ihm leicht sein! Selbst das mit seiner Frau war nicht so böse gemeint, er war ja eine brave, ehrliche Haut.

Siebentes Kapitel

Der Ameisenjäger – Der Rachelsee – Die Übeltäter von
Babylon und ihre Strafe – Ein Leichenfeld
Der Oktobersturm von 1870

Siehst du, lieber Leser, wie weit diese Kriegsgeschichte uns fortgebracht hat aus unserem traulichen Rachelhaus, wo wir unser friedliches Hauptquartier aufgeschlagen haben. Es ist Zeit, daß wir dahin zurückkehren, sonst wird man uns vermissen und vielleicht gar in Wald und Sumpf suchen. Wir finden heute Gesellschaft, und das trifft sich ja nicht alle Tage.

»Grüß Gott, Ferdl!« hat eben der eine Holzhauer gesagt, als ein sonderbar aussehender Patron in die Stube getreten war, eine wetterbraune Gestalt, in Hauswollstoff von dunkelgrauer Farbe gekleidet, voll blauer und schwarzer Stoffflecke, die seinem Rock das Aussehen eines verschrobenen Schachbrettes gaben. Über den Rücken trug er einen mächtigen Sack. Sowie er eintrat, erfüllte die Stube ein durchdringender, aber durchaus nicht unangenehmer Geruch nach Ameisensäure.

»Das ist ja der Umoißferdl (Ameisenferdl)«, sagte das Weib, das am Herd »geröst'te« Nudeln bereitete. »Setzt Euch nieder, Mann. Wie geht's?« Und der Mann erzählte, was ihm so täglich vorkam, mit welchen Leuten er gesprochen, was es im Walde Neues gab und dergleichen mehr. Und wie er da saß auf der Ofenbank, das Haar triefend von Nässe, mit den dichten, bereits weißlichen Stoppeln im Gesicht und die blauen Augen so ehrlich und fragend auf mich gerichtet, den sonderbaren

Gast in dieser Öde, da dacht ich so bei mir: Das ist auch einer von jenen armen Kämpfern ums tägliche Brot, die im Schweiße ihres Angesichts um ihr Dasein ringen.

Und so ist es auch. Der arme Ferdl durchstreift die Wälder nach Ameisenhaufen und trägt die erbeuteten Eier oder richtiger Puppen weit fort ins Land hinein, nach Bergreichenstein und Winterberg und nach Bayern hinaus. Was soll er auch tun? Er war früher Holzhauer, da hat ein fallender Stamm seine Rechte zerschmettert, und der verstümmelte fingerlose Stump der Hand vermag nicht mehr die Axt zu führen. – Er lag noch krank darnieder auf seinem ärmlichen Lager, da kam die Ruhr, der böse Gast, der manchmal im Hochsommer unser Gebirge aufsucht, und raffte sein Weib und seine beiden Kinder dahin. Er konnte ihnen keinen Arzt holen, und als die Nachbarn dies taten, war es schon zu spät. Eins nach dem andern trugen sie fort, und er konnte ihnen nicht einmal das letzte Geleite geben, so schwach war er von dem Wundfieber und vom Blutverlust.

So steht er denn da, allein in der Welt, und geht seinen stillen Weg mit Sack und Schaufel und klagt, daß auch seine Ernte mit jedem Jahre geringer wird, in dem Maße, als die Wälder abgetrieben werden. Er arbeitet jedoch unverzagt und meint, Gott werde es ihm ja doch verzeihen, daß er den armen Tieren ihre Brut wegnehme, es würden ihrer ja doch zu viele werden; er gebe ja Obacht, daß er den Tieren selbst nicht weh tue.

Du brauchst dir nichts daraus zu machen, lieber Leser, daß der Ferdl heute unser Strohlager teilt; er ist ein braver Mann, und wenn du tausend Gulden im Walde verlörest und er fände sie, ich wette, er brächte dir das Geld. Er ist mehr wert als mancher, der in prächtigen Equipagen herumfährt; an seinem Kreuzerverdienst klebt kein Schweiß bestohlener Mitmenschen.

»Lebt wohl, Ferdl, möge der Winter Euch gnädig sein

Horazdowitz

und Ihr auskommen mit dem Geld, das Ihr Euch im Sommer erspart!« So sagt' ich am Morgen, und der Ferdl sah mich treuherzig an und sprach: »Gott geb's, Herr!«

Folge mir nun, lieber Leser, zum Rachelsee; wir wollen versuchen, ob es uns gelingt, von der böhmischen Seite zu diesem einsamsten und düstersten aller Böhmerwaldseen vorzudringen; gewöhnlich unternimmt man jetzt diese Partie von Bayern aus, da von St. Oswald ein anständiger Weg dahin führt, der auch Fuhrwerken keine nennenswerten Schwierigkeiten bietet. Ich will's dir nur gestehen, ich war in letzterer Zeit nicht dort, wohl aber einigemal in meiner Jugend; und Erinnerungen aus jener verklungenen Zeit sind es, die ich dir zu bieten vermag. Wie du übrigens von der Rachelspitze bemerken konntest, ist der See jetzt eingedämmt und kann sein schwarzes Wasser zur Holzschwemme abgelassen werden, wie dies ja auch bei den übrigen Seen geschieht. An seinem tieftraurigen Ufer erhebt sich eine unlängst erbaute blockhausähnliche Hütte, die einem Heger zur Wohnung dient; du kannst hier, wie mich die Böhmerwaldbücher belehrt haben, ein Glas bayerischen Bieres und etwas zum Essen bekommen. Der Abfluß des Sees ist ein starker Bach, der, mit anderen vereinigt, die große Ohe bildet, die wiederum der Ilz tributpflichtig ist. Du siehst, wir sind nicht mehr im Stromgebiet der Elbe, wohl aber in demjenigen der Donau, welche die Ilz in Passau aufnimmt.

Wie es heute in den Wäldern unmittelbar um den See herum aussieht, darüber vermag ich, wie schon gesagt, aus eigenem Augenschein nichts zu berichten; schon der Weg, der hier angelegt wurde und wovon in meiner Jugend keine Spur vorhanden war, deutet darauf hin, daß die Axt mitgespielt hat in dem vielaktigen Trauerspiel, dessen unterliegender Held, der majestätische, altersgraue Urwald, so mächtig zu unserem Herzen spricht.

Als Jüngling wagte ich den Abstieg zum See von der Kuppe des Rachel aus und schaudere fast, wenn ich heute an dieses Wagnis denke, wobei ein abrollender Stein, ein losgerissener Strauch, an den die Hände sich klammerten, mich mehrere hundert Fuß tief von der Seewand herabgeschleudert hätten. Wir hatten damals den Abstieg ziemlich spät am Nachmittage begonnen – mein Begleiter war ein Holzhauerbursche in meinem Alter –, und es dämmerte bereits, als wir am See anlangten. Tintenschwarz lag das stille Gewässer vor uns da, erfüllt von den modernden Baumstämmen, die im Laufe der Jahre, durch Stürme entwurzelt oder vom eigenen Alter überwältigt, im See ihr Grab gefunden – tot in der toten Flut. Denn tot ist der düstere Wassertümpel im wahrsten Sinne des Wortes. Kein Vogel belebt seine Ufer, kein Insekt summt um das Ohr des Neugierigen, der bis zu diesem entlegenen Fleckchen Erde dringt – eine beängstigende Einsamkeit. Tot ist auch das Wasser, von keinem Fisch, keinem Wassertiere belebt, als hinge über ihm der Fluch des Ewigen, wie über dem Toten Meere, dessen bleischwere Wogen über die schuldvollen Städte Sodom und Gomorrha seit unerdenklichen Zeiten dahinrollen, vergiftet von der Sünde der Einwohner. Ich kann's nicht leugnen, die Öde schnürte mir die Brust zusammen, und doch hatte sie mir's mit mächtigem Zauber angetan: ich konnte mich von diesem Orte nicht trennen und schlug vor, da es ohnehin schon zu spät sei, die Nacht hier zu verbringen.

Diese Zumutung erfüllte meinen Begleiter mit Entsetzen und Grauen; es kostete mich viele Mühe, ihn endlich meinem Vorhaben günstig zu stimmen. Mit der Miene eines dem Tode Geweihten trug er dürres Holz zusammen, und als die Sonne unterging, loderte ein gewaltiges Feuer empor, dessen tanzender Schein Wald und Flut unheimlich beleuchtete.

Sonderbar! Sonst lockt die nächtlich züngelnde Flamme ein flatternd Geschlecht von Motten, Faltern und Mücken an, die, geblendet durch den schimmernden Lichtschein, lieber dem Tod zur Beute fallen, als daß sie dem Zauber, den der Glanz des Feuers auf sie ausübt, widerstünden: hier nichts von allem dem; bloß eine kleine Fledermaus ließ sich hie und da sehen, um rasch wieder zu verschwinden in den gigantischen Schatten der moosbedeckten Urwaldfichten. Kein Hauch bewegte die Luft, nicht einmal die Verbrennung vermochte einen Zug zu erzeugen, und der harzige Geruch der brennenden Nadeln konnte den Moderduft der faulenden Holzmassen nicht zurückdrängen.

Als wir dann dalagen, im Bereiche des Wärme ausstrahlenden Gluthaufens – es war kühl da am Wasser –, erzählte mir mein Begleiter eine phantastische Sage, welche mir sein Grauen erklären sollte; ich habe sie behalten trotz der langen Reihe von Jahren, die seit damals vorübergerauscht sind, und will versuchen, sie mitzuteilen.

Da lebte – vor mehr als hundert Jahren wohl – ein Ehepaar in einem zur künischen Gemeinde Stadeln gehörigen Weiler, der den ehrwürdigen Namen Babylon führt – »Pablohna« nennen's die Leute im Dialekt. Dieses Ehepaar hatte sich abgewandt von dem Pfade der Tugend und Rechtlichkeit; es gab keine Sünde, die es nicht begangen, sogar an Mord und Totschlag war es beteiligt gewesen. Das Blut der im Walde Gemordeten schrie um Rache empor zum Himmel; doch Gott in seiner unendlichen Langmut wartete zu, um den ruchlosen Sündern Gelegenheit zu geben, Buße zu tun. Zeichen geschahen am Himmel und auf der Erde, um sie zu schrecken und ihnen des Ewigen Zorn zu bekunden. Auch das war vergeblich. Kühn geworden durch die Erfolge seines Frevels, forderte das Paar frech den Himmel heraus und verstieg sich zu einer grausen Tat, die an teuflischer Bosheit alles Bisherige übertraf. Das Weib brach nächtlicher Zeit ein in die Kirche zu Gutwasser und raubte die Monstranz samt dem Leibe des Herrn. Zu Hause angekommen, bestimmte sie ihren Mann, dem vor dieser Tat doch grauen mochte, den Leib des Herrn einer Kuh zu geben, um sich zu überzeugen, ob das Brot wirklich Christus sei.

Als das Tier das Brot verzehrt hatte, fiel es in die Knie und sprach mit menschlicher Stimme schreckliche Worte. Alle, die es hörten, faßte namenloses Entsetzen, das Ehepaar jedoch stach die Kuh nieder; später fand sich die Hostie ganz und unversehrt in ihrem Magen und konnte ihrer heiligen Bestimmung wieder zugeführt werden.

Das Maß war voll. Gottes Strafgericht brach herein, und ein plötzlicher, schmerzvoller Tod befreite die Erde von diesen Scheusalen. Als aber die Mitternachtsstunde kam, zeigte es sich, daß ihre Seelen keine Ruhe gefunden. In der Gestalt von zwei schwarzen Zicklein kehrten sie in ihre Behausung zurück; laut ertönte das Meckern durch das stille Dorf. Man bestattete die beiden Toten, doch ihre Seelen fanden keine Ruhe; in derselben Gestalt kehrten sie allnächtlich wieder und blieben bis zum Hahnruf.

Die Dorfbewohner wandten sich an den Pfarrer in Unterreichenstein, damit er die unreinen Geister »verspreche«. Der Geistliche kam in vollem Ornat, besprengte die Zicklein mit Weihwasser und sprach die vorgeschriebenen Formeln des Exorzismus. Doch diese wichen nicht und warfen dem Pfarrer sogar mannigfache Sünden vor, die er sich hatte zuschulden kommen lassen. Einem zweiten und dritten Geistlichen ging es nicht besser, und schließlich wollte sich keiner mehr zum Besprechen hergeben, weil die Welt die geheimen Sünden fast sämtlicher Geistlichen der Umgebung durch die indiskreten Zicklein erfahren hatte.

Die durch den unheimlichen Geisterspuk aufs höchste beunruhigten Dorfbewohner wandten sich in ihrer Not schließlich an einen jungen Neomisten, den Pater *Weißhäupl* aus Innergefild. Diesem wußte der Teufel, der aus den Zicklein sprach, keine andere Sünde entgegenzuhalten, als daß er einst in der Jugend seiner Mutter drei Eier gestohlen habe, und auch diesen Vorwurf parierte der Mann, indem er nachwies, daß er jene Eier wohl genommen und einem Kranken gegeben, die mütterliche Genehmigung jedoch nachträglich eingeholt habe. Der böse Geist gab sich überwunden, und Pater Weißhäupl verwünschte das ruhelose Ehepaar an den einsamsten Ort der Erde, und als solcher erwies sich der Rachelsee. Pater Weißhäupl galt von nun an für einen heiligen Mann, die unreinen Seelen am Babylon jedoch spuken fort in und am See, und mancher Holzhauer, Jäger und Schwärzer hat in dunkler Mitternachtsstunde ihr klagendes Meckern gehört, eine ernste Warnung an die Sünder.

Den See selbst hat Gott verflucht, und alle Fische, von denen er früher wimmelte, starben, sowie die unreinen Seelen einfuhren. Ein alter Mann hat die Zicklein einst gesehen und bemerkt, daß das Böcklein einen kleinen weißen Fleck an der Brust habe, welcher der Geiß fehlte. Daraus schloß er, daß der Mann noch erlöst werden könne. Bisher hat es aber niemand versucht.

Am Morgen des anderen Tages verließen wir den einsamen Ort und schlugen uns durch den Wald zum Rachelhause durch, ein mühseliger Marsch und nur in trokkenen Sommern auszuführen, da sonst ungangbare Filze jedes Vordringen unmöglich machen. Du, lieber Leser, gehe lieber über St. Oswald nach Zwiesel in Bayern, von wo du dann weiter hineingehen magst ins gute bayerische Land, zur Rusel, einem mäßig hohen Berg, von dem man jedoch eine prachtvolle Aussicht ins Land hinein genießt. Wenn du dort ins Wirtshaus kommst, so magst du dich nach den alten Fremdenbüchern erkundigen, du findest vielleicht manchen lieben Bekannten, denn die Rusel ist fashionable geworden in den letzten Jahren. Ich muß gestehen, ich durchblätterte sie ehemals gern, die alten Fremdenbücher; sie waren so harmlos und enthielten so manche interessante Bemerkung, so manchen Vers, der entweder von der hohen Begeisterung seines Verfassers oder von dessen göttlicher Naivität Zeugnis abgab. Jetzt ist das anders geworden; jetzt glaubt jeder Wicht, der da kommt, daß die Welt auf die blöden Ergüsse seines Hasses warte, die er, in Ermangelung anderer Ablagerungsstätten, in die Fremdenbücher leitet.

Wenn ich das alles sehe, so wird mir immer weh ums Herz. Da lebten wir früher so ruhig beisammen, und niemandem fiel es ein, nach der Nationalität des anderen zu fragen; es wurde kein Mensch tschechisiert noch germanisiert. Ist denn keine Möglichkeit da, daß sie wiederkehre, die goldene alte Zeit, wo wir alle Brüder gewesen in guten und schlimmen Tagen? Lasse man doch jeden in Frieden und schreibe keine leitartikelartigen Aperçus und keine geharnischten Fehdebriefe in die armen Fremdenbücher, die wohl nur deswegen so zersetzt und schäbig aussehen. Ein Weißbuch für uns oben im grünen Wald und kein Gelbbuch giftigen Hasses; wir wollen uns ja alle freuen in Gottes schöner Natur, ob deutsch, ob slawisch – gehört uns doch der Böhmerwald allen, und kommt ein Franzose oder sonst wer, so kann er sich auch drüber freuen, wenn er es nicht vorzieht, blutige Tränen zu weinen über die traurigen Verwüstungen jüngst vergangener Jahre und über die kleinlichen Menschen, die, selbst wenn sie einmal der Natur herr-

Strakonitz

lichstem Tempel einen Besuch abstatten, ihren Haß nicht daheim lassen können!

Doch, wohin bin ich geraten? So geht es einem, lieber Leser, wenn man zu weite Ausflüge macht; vom Rachelhaus zur Rusel, von da nach all den Orten, wo Fremdenbücher ausliegen, und retour zum Rachelhaus ist mehr, als ein Mensch an einem Tage zu leisten vermag. Doch da wir glücklich wieder dort sind und nicht einmal ein Fremdenbuch vorfinden, um darin Betrachtungen anstellen zu können, so wird uns wohl nichts anderes übrigbleiben, als zum Fenster hinauszuschauen, das heißt, wenn die Fliegen, die seit einer Reihe von Jahren die Scheiben mit Beweisen ihres lebhaft vor sich gehenden Stoffwechsels bedacht haben, den Ausblick gestatten. Aufgemacht dürfen die Fenster beileibe nicht werden, so etwas vertrüge die ungemein zarte Konstitution der Holzhauer und ihrer auch im Winter barfüßig herumlaufenden Sprößlinge durchaus nicht. Es sind deshalb die Fensterrahmen mit mächtigen Nägeln an das Futter befestigt und würde das Öffnen nur mit Stemmeisen und Zange zu bewerkstelligen sein.

Wenn es uns also doch nicht verwehrt wird, hinauszublicken, so würdest du, lieber Leser, gegen Süden einen Wald sehen, der dir die weitere Fernsicht verwehrt. Ich kann heute unmöglich verlangen, daß du den Versuch wagest, diesen Wald in südöstlicher Richtung zu durchmessen, will dir aber erzählen, was ich dahinter gesehen habe.

Es erhebt sich daselbst ein ziemlich steiler Berg – die Generalstabskarte hat keinen Namen dafür, und ich weiß auch keinen –; dieser Berg ist nun ganz mit entwurzelten Bäumen bedeckt, die entrindet und weiß in der Sonne glänzen und im Mondlicht gespenstisch leuchten. Diese Stämme bilden stellenweise undurchdringliche Verhaue, deren Zwischenräume üppig wucherndes Himbeerkraut ausfüllt – Holpa, Holpirla heißen sie hier, Malinen im Winterbergischen –; es ist schier unmöglich, hier durchzukommen. Die Stämme liegen da seit dem großen Windbruch vom Jahre 1870, und keine menschliche Hand vermochte sie wegzuschaffen; das Ganze gleicht einem riesigen Schlachtfelde, wo die Leiber der gefallenen Recken zu Mumien verdorrt daliegen, wie die mähende Sense der Walküren der Wahlstatt sie niedergestreckt hatte. Mit ziemlicher Anstrengung ist es mir gelungen, ein wenig in dieses Gewirr einzudringen, und da sah mein Auge einige modernde Balken, die eine Menschenhand gebaut haben mußte.

»War etwa da eine Holzhauerhütte gestanden?« fragte ich den mich begleitenden Holzhauer aus Kinitz-Tetau. »Jawohl, Herr«, ward mir zur Antwort – »und Gott und seine Engel haben auch hier gewaltet.« Der Mann erzählte mir nun wieder eines jener Ereignisse, die sich so häufig hier abspielen.

Ein Holzhauer mit seinem Sohne war hier oben beschäftigt. Tag um Tag verging in der gewohnten Arbeit, bis der verhängnisvolle 28. Oktober des Jahres 1870 kam. An diesem Tage regnete es in Strömen; plötzlich, gegen Abend wurde es ungewöhnlich warm – eine drückende Schwüle lag bleischwer über den dampfenden Wäldern. Die beiden Holzhauer hatten bereits die schützende Hütte bezogen und schickten sich an, von ihrem Mooslager Gebrauch zu machen. Da machte der Sohn den Alten auf ein eigentümliches Heulen aufmerksam, das aus hoher Luft zu kommen schien. Beide traten vor die Hütte. Um sie herum war's ruhig, unheimlich still; man hörte bloß die schweren Wassertropfen, die von den durchnäßten Zweigen rieselnd zu Boden fielen, und ein fernes heulendes Brausen. Plötzlich war's, als käme es näher, etwas Unsagbares, Entsetzliches – in hohen und tiefen Tönen pfiff es daher, ein Windstoß fuhr durch die Wipfel der hohen Fichten, die einen Sprühregen herabsandten und sich tief bogen, seufzend und stöhnend, als ahnten sie ihr nahes Ende.

Damit brach's los, mit einem Krachen, Prasseln und Poltern, als wären die Giganten erstanden aus den Schlünden des Tartarus und als schmetterten sie wuchtige Felsblöcke gegeneinander, als wollten sie die Erde zertrümmern und sie auflösen in ihr ursprüngliches Chaos.

Entsetzt flüchteten die beiden in die Hütte; hier jedoch war kein Bleiben. »Wir müssen fort!« schrie der Vater. »Hierher werden die Bäume fallen.« Hinaus also ging's in das Toben der Elemente; rabenschwarze Nacht umfing sie. Ringsherum schmetterten dröhnend die entwurzelten Stämme zu Boden. Ihr Schutzengel führte sie zu einer bereits niedergestreckten mächtigen Fichte, deren Wurzelgewirr, hoch in die Luft ragend, ihnen Schutz bot. Sie verkrochen sich bebend unter demselben, und Stamm auf Stamm polterte nieder, neben sie, über sie hinweg, sich in den Wurzeln und Ästen des gefallenen Baumes verfangend und das Schirmdach über ihnen vergrößernd und vervollständigend.

Die ganze Nacht tobte der rasende Orkan, und als es hell ward mit Sonnenaufgang, sahen sie, daß sie förmlich gefangen waren zwischen den niedergefegten Stämmen; bis gegen Abend erst durften sie daran denken, das Obdach, das der Sturm selbst ihnen gebaut, zu verlassen, was nicht ohne große Mühe geschehen konnte. Schrecklich war der Anblick, der sich ihnen bot: von dem ganzen Wald, der diese Lehne bedeckte, war auch nicht *ein* hoher Stamm stehengeblieben, sogar das Unterholz hatten die stürzenden Bäume zerknickt und zermalmt. Die Hütte aber, aus der sie entflohen, hatten fünf entwurzelte Fichten getroffen und sie dem Erdboden gleichgemacht. – Man kann sich denken, mit welchen Gefühlen die beiden heimkehrten.

Als am Vorabende der Sturm losgebrochen, da hatten ihre Lieben daheim, vom alten Großvater bis zum kleinsten Enkel, gebetet in der schönen Ecke mit den alten Heiligenbildern, und jeder neue Stoß der Windsbraut hatte ein Echo wachgerufen in der verzweifelten Brust der Geängstigten.

»Das ist der Untergang der Welt«, hatte der Großvater gesagt, »das sind die Zeichen und Wunder, die geschehen; wie sollt es auch anders sein? Ein *König* hat bereits zwei *Kaiser* überwunden: ist das nicht auch ein Zeichen?«

Und als die Geretteten heimkehrten, da wallfahrtete das Weib hin zur Hauswaldkapelle in Rehberg und brachte zwei Wachskerzen für die Mutter Gottes, und ihre zitternden Hände warfen zwei Kronentaler in die Opferbüchse.

Die Balkenreste jedoch, die ich gesehen, waren übriggeblieben von der zertrümmerten Hütte.

Achtes Kapitel

Therapeutisches – Die »Finanzer« – Der Lusen –
Pürstling – Verlassene Kolonien

*U*m wieder einmal die Freuden eines zivilisierten Schlafgemaches und einer dito Bettstätte zu genießen, lieber Leser, werden wir vielleicht guttun, dem Rachelhause auf einige Zeit Lebewohl zu sagen und nach Mader hinabzusteigen. Ich glaube, daß ich mit meinem Vorschlag deinen Intentionen entgegenkomme, denn die letzte Nacht war nicht gut. Eines der kleinen Holzhauerlein hatte Zahnschmerzen, und wenn schon das von dieser Geißel der Menschheit veranlaßte Geheul nicht eben dazu beitrug, die Heiligkeit der nächtlichen Ruhe zu erhöhen, so hatte selbige Geißel auch noch andere Folgen. Zuvörderst stimmten die übrigen Stammhalter beider Holzhauerfamilien in die Klagetöne des Gequälten ein, so daß man zeitweise meinen konnte, man befinde sich in der Nubischen Wüste und höre das klägliche Geheul der Schakale, eine Illusion, die noch durch die herrschende Tropentemperatur der Wahrscheinlichkeit nähergerückt wurde. Es sollte aber noch ärger kommen. Das eine der Weiber hatte eine wahrhaft infernalische Glut in dem mächtigen Ofen angeschürt und verließ das Zimmer. Nachdem es zurückgekommen, machte es sich wieder etwas am Ofen zu schaffen, und nach und nach begann ein beißender, knoblauchartiger Geruch, in graue Rauchwolken gehüllt, das ganze Gemach zu erfüllen. Schwer wie die »Trut« – das Alpdrücken – legte sich ein grausiger, unbeschreiblich widriger Dampf auf Brust und Kehle.

»Was zum T... schafft ihr denn da?« fuhr ich auf. Ich sah zwar nichts, denn die Rauchwolken hüllten alles in einen undurchdringlichen Schleier, aus dem unentwegt die winselnden, heulenden und kläffenden Jammertöne hervordrangen, wohl aber scholl's heraus, wie die Stimme des Gerichtes aus den Qualmsäulen von Sinais heiligen Höhen:

»Räuchern toan ma!« (Räuchern tun wir!)

»Und was räuchert ihr denn?«

»In Bua'm sei Mal, daß da Wehtoan afheart in die Zent!« (Des Buben Maul, damit der Schmerz in den Zähnen aufhöre!)

»Und womit räuchert ihr denn? Mit Knosel etwa? Das ist doch die reine Pest!«

»Ah, belei (beileibe), woher denn mit Knosel! Mit Kuhdünger.«

Die zarte Mutter sprach, damit ich ja historisch treu bleibe, nicht Kuhdünger – das ist nur so eine Euphemie meinerseits, weil ich trotz mehrtägigen Aufenthaltes im Rachelhaus doch gerne salonfähig bleiben möchte. Das Weib gebrauchte den einzig ihr zur Verfügung stehenden Ausdruck ...

Die Räucherung dauerte geraume Zeit, und als ich's nicht mehr aushalten konnte, flüchtete ich auf das duftige Heu des Bodens, und selbst dahin drang durch die Ritzen des Gebälkes der aromatische Duft und das Jammern des also ärztlich Behandelten.

Diese Nacht war entscheidend. In Mader werden wir nicht lange verweilen, lieber Leser; waren wir ja doch schon dort und dürfen wir beileibe nicht in die verhängnisvollen Fehler großer Männer verfallen, die nach ausgestandenen Mühseligkeiten und Strapazen sich dem Wohlleben hingaben, das sie entnervte, wie weiland

Bauernhof im Böhmerwald

dem üppigen Capua die karthagischen Helden oder den Gärten der schönen Armida die tapfersten Recken der Kreuzzüge, die unüberwindlichen Tankred. Ich will zwar nicht behaupten, daß »die Mader« ein Capua sei oder daß eine bezaubernde Armida uns dort ihre üppigen Arme erschlösse; mit dem Leben im Rachelhause verglichen, ist jedoch die alte Resonanzholzsäge mit ihren Wirtshäusern und ihrem Försterpalast doch ein Ort des Luxus und des weichlichen Wohllebens.

Also fort aus der Nähe dieses sinnbestrickenden Aufenthaltes, wo man sogar ein Glas Bier in Gesellschaft der lustigen Grenzaufseher und der biederen Forstleute trinken kann. Diese Zeilen werden gewiß in die Hände der Herren Revierförster gelangen, die einander auf diesem exponierten Posten ablösten und von denen einer liebenswürdiger war als der andere. Mögen sie dieselben herzlich grüßen und ihnen nochmals für all die Freundlichkeit danken, die sie mir und so vielen mehr oder minder gedankenlosen Böhmerwaldbummlern angedeihen ließen. Wie gerne wäre ich oft geblieben, aber es ging nicht; ist es ja doch meine Pflicht, hinauszustürmen in die Wildnis und meinen freundlichen Leser gerade da recht herumzuführen, wohin die wenigsten Leute kommen; sonst wäre ich ja in meinem lieben Eisenstein geblieben, wohin so viele die Nase hineinstecken und dann so Erbauliches von dem schönen Böhmerwalde erzählen wie der gleich in der zweiten dieser harmlosen Skizzen erwähnte Prager Hausherrnsohn, der seine Parnassien noch immer so hochhält.

Schließ dich also fest an mich an, lieber Leser, widersteh wacker den Sirenenklängen, die dich hier festhalten möchten, und wandere mit mir auf der neuen Straße gegen Pürstling. Die Finanzer gehen heute auch hin, und da werden wir lustige Gesellschaft haben. Die armen Jungen mit den grünen Röcken, sie werden so vielfach scheel angesehen und haben doch einen so schweren Dienst! Hinaus müssen sie bei jedem Wetter, und die bayerischen Schwärzer sind kühne, verwegene Gesellen. Wohl mancher von den Grünröcken ist nicht mehr lebend heimgekehrt in seine mehr als einfach ausgestattete »Kaserne«; wohl manches junge Herz traf die tückische Kugel, und die Gebeine modern tief drinnen im grünen Wald unter Heidekraut und Wacholdergestrüpp, beweint von fernen Lieben, welche wohl niemals das letzte Bett des einsam Dahingeschiedenen gesehen haben. Wer sollt es ihm verübeln, dem jungen Blut, wenn es die tötende Einsamkeit durch mancherlei munteres Fest bei schäumendem Pokal, durch mitunter leichtfertige Liebesaventuren erträglich zu machen sucht. Und welch sonderbare Ansichten sind über die armen Grenzwächter im Schwung! Ich habe mich selbst zu wiederholten Malen überzeugt, daß sie brav und treu sind, ihren Dienst ernst nehmen und daß Bestechlichkeit ihnen gewiß nicht nachgesagt werden kann; die meisten gingen lieber zugrunde, als daß sie trotz ihrer kärglichen Besoldung eine unredliche Aufbesserung ihrer Lage suchen würden. Mir fällt da gerade eine lächerliche Geschichte ein, die hier stehen möge, um zu beweisen, was' das Volk für Ansichten über die »Aufseher« zu entwickeln pflegt.

Da kamen vor einiger Zeit Missionäre nach Rehberg und hielten da ihre gewöhnlichen Bußpredigten, die wahrlich gar oft am Platze sind. Nach einer solchen Predigt kam ein Bauernbursche zu einem der geistlichen Herren und verlangte dringend, mit demselben zu sprechen. Er berief sich auf die Worte desselben, die er gesprochen: »Wenn jemand von euch noch Zweifel hegt darüber, was ihr hier vernommen, oder wenn jemand mich nicht recht verstanden hat, so komme er zu mir, und ich bin gerne bereit, ihm fernere Aufklärung zu geben.«

»Herr Hochwürden, Herr Missionärpfarrer«, sagte der Bursche, »ich verstehe alles, was Sie gesagt haben; nur *eins* möcht ich wissen. Was ist das, ein unnatürliches Laster?«

Diese naive Frage brachte den guten Pater einigermaßen in Verlegenheit; er versuchte, so gut es ging, den Wißbegierigen über die Art dieses Lasters aufzuklären. Das immer verständnisinniger aufleuchtende Auge des Bekehrten ließ endlich keinen Zweifel übrig, daß es zu tagen anfing in seinem Gehirne.

»Jetzt versteh ich, Herr Hochwürden, Herr Missionärpfarrer«, platzte er plötzlich los. »Das ist zum Beispiel so: Meine Schwester hat einen Finanzer zum Liebhaber, und das ist ein unnatürliches Laster.« Die Geschichte schweigt darüber, ob der »Missionärpfarrer« seinen Interpellanten für hinlänglich belehrt hielt.

Der Weg nach Pürstling, heute eine fahrbare Straße, die der Fürst Schwarzenberg herstellen ließ an Stelle des unsagbaren, dem ausgetrockneten Bett eines Gießbaches gleichenden verhältnismäßig breiten Pfades, möge hier unbeschrieben bleiben. Die Szenerie ist die schon oft geschilderte des hohen Böhmerwaldes. Die neue Straße führt uns durchaus im Tal des Lusenbaches aufwärts, an einer Holzhauerkolonie vorbei nach dem kalten, im Winter von eisigen Stürmen durchtobten Plateau von Pürstling, das namentlich im Winter durch seinen unglaublichen Temperaturwechsel im Laufe eines einzigen Tages berüchtigt ist. Während am Morgen das Thermometer 20 Grad unter Null aufweist, steigt es in den ersten Nachmittagsstunden auf 15 und mehr Grad über den Gefrierpunkt, in späterer Stunde brechen dann oftmals grausige Eisstürme herein, welche die Temperatur abermals um 25 Grad herabdrücken. Vielleicht bin ich zu subjektiv, auf mich aber machte das Pürstlinger Hochplateau den Eindruck, als ob namentlich diese Gegend des

Böhmerwaldes zur Verkarstung hinneige. Die Verwüstungen, welche die Stürme hier angerichtet, sind geradezu entsetzlich, und setzt einmal die heulende Windsbraut ernstlich ein, so fegt sie sogar das elende Gestrüpp fort, das die Berglehnen bedeckt. Das Aufforsten ist hier mit besonderen Schwierigkeiten verbunden, und jeden Sommer kommen zahlreiche Arbeiter, häufig Mädchen und Weiber, herauf, um dieses mühselige Geschäft zu besorgen; selbst die tief liegenden Ortschaften des böhmischen Stachau und Zdikau liefern ein beträchtliches Kontingent hiezu. Mühselig, sagte ich, ist dieses Geschäft, und der freundliche Leser wird es mir glauben, wenn ich ihm sage, daß im Juni gar oft noch Schnee hier liegt und der oben erwähnte Eiswind durch Wald und Hang braust.

Der Lusen, den man erst ganz nahe von Pürstling zu Gesichte bekommt, ist ein rauher Patron mit seinem weißen, zerklüfteten, verwitterten Haupt, rauher und wilder noch als der etwas höhere Rachel. Der brausende Bach, der seinen wald- und filzbedeckten Flanken entquillt, ist der Quellstrom der Wotawa. Dunkle Sagen gehen über den geheimnisvollen Berg und das viele Gold, das er in seinem Schoße birgt und von dem er jährlich eine bestimmte Menge dem goldsandführenden Wasser abgibt, welches das kostbare Metall hinabträgt ins Vorgebirge und ins flache Land, das glänzende rote Metall, dem so viele Städte längs des Flußlaufes ihr Dasein verdanken. Bergreichenstein, Schüttenhofen, Horazdowitz, Strakonitz und Pisek, sie alle, die Städte an der »Otava kriva zlatonosna«, wurden einst erbaut als sukzessive weitergreifende Etappen dieses altböhmischen Kaliforniens. Wo sind sie, die Tage jener grauen Zeit, wo die Hügel entstanden aus aufgeworfenem Sand, die den Lauf des Flusses so charakteristisch gestalten! Noch 1826 grub das Ärar in Bergreichenstein Gold, noch heute

Schloß von Strakonitz

führt es der Fluß; es ist jedoch eingesprengt in das Quarzgeröll, und seine Gewinnung ist bei den heutigen Arbeitslöhnen zu kostspielig.

Doch die Gnomen sollen noch leben, tief drinnen im Bauche des Lusen, und es wird eine Zeit kommen, wo sie wieder eine mächtige Ader des glänzenden Metalls, das so viel Gutes und Böses in die Welt gebracht, abbauen und den braunen Wogen des Flusses zuführen werden. Dann wird eine neue Zeit des Reichtums kommen über das ganze Böhmerland, eine wahrhaft goldene Zeit, die ungeahnte Schätze zutage fördern wird. Und auf den Bergzinnen des Böhmerwaldes werden herrliche Schlösser erstehen, mit schlanken Türmen, gleich den Fichten seines Hochwaldes. Die arm und niedrig gewandelt vor dem Herrn, sie werden besonders erhöht werden. Das walte Gott!

Wir haben diesmal den neuen Weg von Mader gewählt, um nach Pürstling zu gelangen; es existiert aber noch der alte, den ich in meiner Jugend so oft gewandelt. Der geht nicht im Tal, sondern bergauf, bergab, gradaus. Das wäre an und für sich nichts Sonderbares, denn unsere Vorfahren waren gleich uns überzeugt, daß der Luftweg stets der nächste ist, und durchdrungen von der Wahrheit des geometrischen Satzes, daß zwei Punkte nur durch eine einzige Gerade, wohl aber durch unzählig viele krumme Linien verbunden werden können, gaben sie sich in der Regel nicht viel Mühe, die am besten entsprechende krumme ausfindig zu machen, sondern wählten die »Gerade«, wenn auch nur in bezug auf die Vertikalebene; die Horizontalebene ignorierten sie gewöhnlich. Auffallend ist aber, daß neben dem alten Wege hie und da Spuren eines noch älteren zu sehen sind, freilich nur wenig erkennbar und fast ganz verwachsen. Diese Spuren, lieber Leser, sind die Überreste des einst so wichtigen goldenen Steiges oder vielmehr eines der goldenen Steige, die an mancherlei Orten über das Gebirge führten. Wohl magst du dich zurückversetzen in jene alte Zeit, wo die Glöcklein der schwer beladenen Saumtiere durch die endlose Waldwüste klangen, die rechts und links vom Pfad viele Meilen weit sich erstreckte. Du magst wohl mit einer Art Wehmut der Zeit denken, wo die Natur so unentweiht hier schaffte und waltete, wo heiliger, stiller Friede über dem hehren Urwald lag. Friede! du herrliches Wort, du schönstes, das wir haben – aber dein Schall ist leer!

Sieh, lieber Leser – hier ist noch ein alter Baum stehengeblieben, sie haben ihn nicht gefällt, die gierigen Menschenkinder, weil sein Stamm voll Auswüchse ist, ein wahrer Kretin voll Kröpfe unter den edlen schlanken Fichten. Dieser Baum könnte dir vielleicht ein harmloses Geschichtchen erzählen über eine kleine Exekution, die in seiner Nähe, vielleicht zwischen seinen knorrigen Ästen vorfiel. Die Straßenpolizei ist hier strenge gewesen, und Übertretungen gegen die Saumpfadgesetze wurden summarisch und rasch gesühnt. Es gab am Wege kleine Hürden, wo jeder Vorübergehende irgend etwas an Nahrungsmitteln niederlegen mußte. Tat er dies nicht oder nahm er ohne Not, aus bloßer Habgier von den vorgefundenen Vorräten etwas weg, so wurde er unnachsichtlich auf dem ersten besten Baum so lange beim Hals aufgehängt, bis er tot war. So wenigstens besagen alte Überlieferungen, die hin und wieder sich noch im Gedächtnisse des Volkes erhalten haben.

»Das ist ja ein Dorf!« rufst du verwundert aus. Richtig, da ist so eine alte Holzhauerkolonie, Gott weiß, wie sie einst hieß. Du kannst Studien daran anstellen, wie ein verlassenes menschliches Heim wieder ganz zur Wildnis wird. Niemand bewohnt diese Hütten mehr, junge Wildlinge von Fichten, dichtes Himbeer- und Heidegestrüppe entwächst dem ewig feuchten Boden zwischen den Hütten, erfüllt alle Lücken und Ritzen zwischen den roh zusammengezimmerten, bereits morschen Balken und fängt sogar an, von den Dächern Besitz zu ergreifen.

Selbstverständlich ist diese in Moder hinsinkende einstige Ansiedelung wegen nächtlichen Spukes verrufen. Feurige Flammen sollen bisweilen aus den leeren Fensterhöhlen entsteigen; was sie bedeuten, wußte mir niemand zu sagen.

So, mein lieber Leser - jetzt wären wir in Pürstling. Der Herr Förster, dessen Liebenswürdigkeit ich persönlich kennengelernt habe, wird uns seine Gastfreundschaft nicht versagen für die eine Nacht und gibt uns jemanden mit, der uns morgen auf den Lusen hinaufführt und von da nach Buchwald.

Wir sind also in Pürstling neben dem Rachelhaus, der einsamsten menschlichen Wohnung im Böhmerwald. Eine melancholische und doch in ihrer Art herrliche Aussicht vom Forst- oder vom Hegerhaus gegen Süden. Der Lusen liegt vor uns, das Haupt in bläuliche Dämpfe gehüllt. Unmittelbar vor uns grüne Wiesengründe und rechts und links davon der Filz mit graugrünem Kleid aus Knieföhren. An Sommermorgen entstehen aus ihm weiße, dichte Nebel, welche wogen wie ein tückisches Meer, bis die Sonne sie emporzieht zum blauen Himmel und sie auflöst mit ihrer sengenden Wärme.

Es ist so still hier, so tief still, daß das Rauschen des seichten Baches zehnmal verstärkt an unser Ohr schlägt.

Das Krachen eines fallenden Baumes, die Schläge der mordenden Axt dringen von weit her zu uns ...

Man lauscht, und die Gedanken kommen in tanzendem Reigen, unaufhaltsam sich drängend, froh und melancholisch, gleich den treibenden Wolken am Himmel, welche die Sonne verdunkeln und breite, gleitende Schatten auf Flur und Wald werfen; sie eilen fort, und ein Lichtstrom ergießt sich über das All, blendend, verklärend – aber andere Wolken treiben daher, und das Licht scheint vor ihnen zu laufen, rasch zu fliehen, als fürchtete es, für immer verschlungen zu werden.

Darf ich einmal meinen Gedanken die Zügel schießen lassen, lieber Leser? Siehst du, da fallen mir die modernen Reisenden ein, welche Länder und Städte im Fluge durchschwirren. In fünf Tagen wollen sie mit dem Böhmerwald von Eisenstein bis Hohenfurt fertig werden – eine Brieftaube legt in der angegebenen Zeit einen viel größeren Weg zurück und hat noch den Vorteil, die ganze Gegend weit und breit aus der Vogelperspektive zu überblicken.

Sonderbare Reisende das! Sie wählen gewissenhaft die Wege, welche die Reisebücher angeben, speisen und schlafen in den ihnen vorgedruckten Restaurants und Einkehrhäusern, nehmen da eine Kirche, dort einen Aussichtspunkt in Augenschein, wohlgemerkt, wenn er nicht zu weit abseits liegt von der im vorhinein festgesetzten Route, kehren dann auf Flügeln des Dampfes zurück und sind stolz, eine Reise gemacht zu haben, obwohl in dem Augenblick, wo sie den Bahnhof verlassen, um zu ihrer Tagesbeschäftigung zurückzukehren, die empfangenen Eindrücke längst verschwommen, ja verwischt sind. Ich kenne einen, der in Rom war und sich rühmte, binnen fünf Tagen sämtliche Kirchen, Museen und Kunstsammlungen der Ewigen Stadt »in Augenschein genommen zu haben«, worauf er wieder fortfuhr. – Zu Hause angekommen, schimpfte er über das Klima, über Land und Leute, kurz über alles; er mußte es ja wissen, er war ja dort gewesen! – Mein armer, einfacher Böhmerwald, du trautes Heim meiner Väter! Geht's dir nicht ebenso? Da kommen sie hin, preisen deine Schönheit, ohne sie gesehen zu haben; machen Witze über deine Bewohner, ohne mit ihnen mehr verkehrt zu haben, als daß sie dort jemanden fragten, ob dies der rechte Weg nach Kuschwarda sei oder sonst wohin!

Um das, was das Leben diesen Menschen, an denen sie vorbeifliegen, für Freuden und Kämpfe bringt, um das sich zu kümmern fällt ihnen nicht ein. Der Puls des Lebens ist für sie nicht fühlbar; kalt ist ihr Herz und leer ihr Sinn. Was kümmert sie's, wie's früher hier war und wie es in der Zukunft sein wird? – Sie *waren da*, und hiemit basta!

Und erst die Sommerfrischler! Glücklicherweise haben sie erst den Rand okkupiert, und tiefer hinein getrauen sie sich ebensowenig, als sie ihr Sommerzelt an den Ufern des geheimnisvollen Lualaba im Innern des Kongostaates aufschlagen würden. Man muß sie beobachten, diese Schwärmer für Kieswege und billige Pensionate, die keinen Tag ohne ihre gewohnte Suppe leben könnten und die höchstens Interesse zeigen für unsere armen bunten Forellen, unter denen sie grauenhaft aufgeräumt haben. Wie frei war es früher unter den grünen Tannen und Fichten, an den stillen Seen und rauschenden Bächen, und jetzt, wie gespreizt geht es zu! Reine Karlsbader Promenadetoiletten, herrliche Tournüren, reizende Hütchen und junge Herren mit Schnabelschuhen, Nasenkneifern und Claquehüten. Aber im Böhmerwald waren sie alle! Er fängt an, modern zu werden – das ist das Ganze!

Doch ich wollte ja nicht bitter werden; ich weiß, daß viele mit aufrichtigem, liebendem Herzen kommen, mit offenem Sinn für Gottes unentweihte Natur. Oh, die sind uns willkommen, die werden auch ein Herz mitbringen für unser armes Volk und dauerndes Interesse für unser leider noch lange nicht genug gewürdigtes Hochland. – Sollte es mir gelungen sein oder noch in der Folge gelingen, jenes Interesse im Herzen wenigstens eines Teiles meiner Leser zu erregen, so erachte ich meine Aufgabe für gelöst. Politische Aspirationen liegen mir fern, die einzige, die ich hege, ist die, ein Wort des Friedens mitzureden in diesen ungemütlichen Zeiten: was wir hier oben am wenigsten brauchen könnten, wäre die Entfesselung wilden Rassenhasses, ein Unglück, das uns, wie ich unsere Böhmerwaldbevölkerung kenne, wohl erspart bleiben wird.

Doch kehren wir zurück zu unserer Bergpartie. Der Lusenaufstieg ist entschieden beschwerlicher als die Besteigung des Rachels; natürlich hängt viel vom Wetter ab, namentlich solange der Weg durch die waldigen und sumpfigen Hänge aufsteigt. Der letzte Teil des Weges führt über wild zerrissenes Granitgestein. Tiefe Spalten, oft von knorrigem Wurzelwerk, kriechendem Bärlapp und Heidegestrüpp verräterisch maskiert, hemmen häufig den Schritt. Einen eigentlichen Pfad gab's früher nicht, man mußte zusehen, wie man über das Gestein wegkam; ich machte vor reichlich 20 Jahren den letzten Teil des Weges buchstäblich auf allen vieren und präsentierte mich nach meiner Rückkehr im Forsthause mit den unter solchen Verhältnissen unausweichlichen Havarien in der Kleidung. Die Wälder auf der bayerischen Seite waren damals von unvergleichlicher Majestät und übertreffen auch heute noch die der böhmischen an imposanter Vegetationsfülle bedeutend. Schwarz lag er da, der stille Urwald mit seinen dunklen Fichten, seinen faulenden Rauen und graugrünen Bartflechten, in schwermütiges Schweigen gehüllt. Der Blick von der Höhe herab zeigte so manche vom Sturm abgebrochene, vom Blitz zerschmetterte Spitze – doch genug davon, ich habe den Urwald ja bereits sattsam geschildert.

Nahe am Gipfel schritt mein Fuß über eine schmale schwarze Spalte; wie das Brausen eines fernen Meeres drang ein Rauschen an das horchende Ohr – ist Wasser unten tief im Schoße des Berges, oder rauscht ein Luftzug? Wer möchte es ergründen? Meine Begleiter behaupteten das letztere. Man erzählte mir auch eine traurige Geschichte von einem Schwärzer drüben aus Heinrichsbrunn, einem ungemein verwegenen Patron, den hier oben sein Schicksal ereilte. Er hatte, ich weiß nicht mehr, ob in Buchwald oder sonst wo an der Grenze, wie schon oft zuvor, ein Renkontre mit den Grenzjägern gehabt. Diesmal war die Sache jedoch schlimm ausgefallen. Nicht nur daß er den einen seiner Verfolger, einen Familienvater, über den Haufen schoß, er wurde auch selbst durch einen Streifschuß im Gesichte gezeichnet und, trotzdem er sein Antlitz geschwärzt hatte, von den übrigen erkannt. Über Requisition der österreichischen Behörden sollte er drüben in Bayern, wohin er geflüchtet, in Haft genommen werden. Die Gendarmen umzingelten seine Hütte und verlangten Einlaß. Der Verfolgte wehrte sich jedoch mit dem Mute der Verzweiflung. Einer der Gendarmen blieb tot am Platze, ein zweiter wurde verwundet; der Schwärzer selbst schlug sich durch, erreichte den Wald und entging für den Augenblick der weiteren Verfolgung. In den Wildnissen am oberen Reschwasser zwischen dem Lusen, dem Hohen Filz und dem Fahrenberg fand er sichere Schlupfwinkel und behauptete sich, trotzdem er den ganzen Sommer über wie ein wildes Tier gehetzt wurde. Es ist bezeichnend, daß ein Schwärzer, ein Wilddieb, ja ein offenkundiger Räuber unter dem Landvolke stets Herzen findet, die ihn weniger als einen Empörer gegen Recht und Gesetz anzusehen geneigt sind denn als einen Unglücklichen, ja als einen Märtyrer und Helden. Dieser Satz gilt hier geradesogut wie in den Abruzzen, am Balkan und am Kaukasus.

Wohl überwachte man die Familie des Geächteten, doch konnte man nicht hindern, daß anderweitige

Leute ihn mit Nahrungsmitteln, Munition und dergleichen versorgten. Wochen-, ja monatelang bezog der Mann höchstens eine Hirten- oder Holzhauerhütte als Nachtquartier; indessen machte sich der wetterharte Geselle wenig daraus, wenn er auch diese nicht hatte, wenn das nicht immer blaue Firmament sein einziges Dach war.

Als aber die Tage kürzer wurden, als eisige Stürme zu toben anfingen, den schneereichen Winter verkündend, da wurde es auch ihm zu ungastlich unter den stöhnenden Fichten des Hochwaldes. Häufig stieg er nun herab nach den Waldhäusern oder nach Finsterau, selbst bis Alt-Schönau, und quartierte sich bald da, bald dort ein, vorsichtig, wie ein Fuchs, auslugend, ob die Luft rein sei. Obgleich ihm die Gendarmen mehrfach auflauerten, entging er ihnen jedesmal, denn es gebrach ihm nicht an Warnern.

Da fiel der erste Schnee. Unauffällig zog eine größere Abteilung Gendarmerie einen Kreis um die Gegend, wo die frische Spur die Anwesenheit des Geächteten verriet; zuvor avisierte man die kaiserliche Grenzwache, damit diese seine Flucht auf böhmisches Gebiet verhindere. Ein regelrechtes Kesseltreiben begann. Mit der Schlauheit einer Wildkatze zog sich der Getriebene durch Wald und Sumpf zurück; umsonst, seine Spur verriet ihn; sie führte auf den Lusen, in dessen schwer zugänglichem Felsenlabyrinth er sich zu verteidigen gedachte. Mit dem größten Aufwand von Vorsicht folgten ihm die Gendarmen. Da, nahe dem Gipfel, mußte er zwischen den Felsen irgendwo stecken.

Man begann eine regelrechte Belagerung, nachdem man ihn aufgefordert hatte, sich zu ergeben. Totenstille herrschte ringsum. Die Nacht brach an, und lockere Schneemassen schüttelte der Himmel herab. »Er muß verhungern oder erfrieren! Nur aufgepaßt, daß er uns

Der Böhmerwald im Winter

nicht durchschlüpft!« ermahnte der Wachtmeister seine Leute.

In ihre Mäntel gehüllt, hinter Felsen gegen die tückische Kugel des Verzweifelnden und gegen den fallenden Schnee gedeckt, vollbrachten die Gendarmen eine wahrlich nicht beneidenswerte Nacht in der scharfen Luft dieser Höhen. Nichts Verdächtiges regte sich.

Am anderen Tag versuchte der Mörder sich durchzuschleichen; es gelang ihm aber nicht, und er mußte in seinen Schlupfwinkel zurückweichen. Abermals verging eine Nacht.

Da, gegen Abend des dritten Tages, erschien die Gestalt des Belagerten hinter einem Felsvorsprung. »Ich will mich ergeben!« rief er. »So wirf das Gewehr fort und komm!« lautete die Antwort. Zugleich erschienen an mehreren Punkten die Gendarmen, das Gewehr im Anschlag. Blitzesschnell riß der Verfolgte seine Waffe an die Wange, und ein Schuß krachte; das Echo hallte donnernd von Berg zu Berg, von Felsenwand zu Felsenwand. Unmittelbar darauf krachte die Salve der Gendarmen. Als aber der Pulverdampf sich verzog, war die Gestalt des verräterischen Gesellen verschwunden. Die Gendarmen drangen vor, und als sie zur Stelle kamen, gähnte ein schwarzer Riß in dem weißen Schnee ihnen entgegen, ein tiefes, unermeßliches Loch. Der Fuß des Schwärzers hatte die trügerische Schneedecke betreten, und er war hinabgesunken in ein schmales, grausig gähnendes Grab.

Die Gendarmen kehrten heim; zwar brachten sie den Gesuchten nicht mit, doch war seine Blutschuld gesühnt. Daß er nächtlich umgeht und mit der Windsbraut um die Wette heult und jammert, versteht sich von selbst; das tut hier jeder, der auf plötzliche Art aus dem Leben scheidet. Wo würden sonst die Töne herkommen, welche der sonst so schweigsame Wald zuweilen von sich hören läßt?

Vom Gipfel des Lusen genießt man eine ähnliche Aussicht wie vom Rachel aus; doch ist der Kubani besser sichtbar und die Gegend gegen Südost mehr offen. In nächster Nähe, im Kreis herum, gewahrt das Auge den Rachel, den Plattenhausen, den Spitzberg, den hohen Kogel des Antigel, den einst waldbewachsenen Schwarzberg, den Hohen Filz und drinnen weiter in Bayern den Steinberg.

Neuntes Kapitel

Vom Lusen nach Buchwald – Wald- und Filzszenerien
Das Rauchfleisch der Bauern – Der geächtete Rothschild
Waldbayerntypen – Der Herr Bezirkschirurgus

Um von dem Gipfel des Lusen aus wieder das »Land der Menschen« zu erreichen, wirst du am besten tun, lieber Leser, wenn du direkt nach Buchwald gehst. Du hast in diesem Fall zwar einen, besonders anfangs, ziemlich beschwerlichen Weg von geschlagenen vier Stunden vor dir, wirst aber durch einen in seiner Art einzigen Weg entschädigt, der dich durch unermeßliche, herrliche Wälder führt. Du kannst fast sicher sein, keinem Menschen zu begegnen – eine lautlose, imponierende Abgeschiedenheit.

Zwar unterbrechen Durchschläge, an einer Stelle sogar eine blumige Waldwiese die Monotonie des ewig gleichen und doch so wechselvollen Waldes, doch sind auch diese Schläge erst neueren Datums. Namentlich auf der bayerischen Seite – du gehst ein großes Stück ununterbrochen an der Landesgrenze – trägt der Forst einen urwäldlichen Typus und bringen die zahlreich eingesprengten Laubhölzer einen angenehmen Wechsel in die Szenerie. Schlanke, weißrindige Buchen, zarte Birken, großblätterige Ahornbäume und im Herbst mit roten Trauben behangene Vogelbeerbäume – hier Faulbäume genannt –, sie alle winken dir zu mit dem hellen Grün ihrer Blätter.

Der schmale Pfad bringt dich an eine Stelle im Walde, wo zwei Bäche zusammenfließen, die bereits der Ilz tributpflichtig sind. Der Lauf der Bäche ist nun zum Teil gemauert, wegen der Holzschwemmerei, zu meiner Zeit war von einem derartigen »Fortschritt« noch keine Spur, und ich habe das Wort »Wasserpfanne«, wie dieser Zusammenfluß heißen soll, erst in den neueren Böhmerwaldbüchern gelesen.

Ich nehme an, lieber Leser, daß du gut verproviantiert warst und unterwegs nicht Hungers gestorben bist. Bist du aber einmal in Buchwald, so bist du auch gerettet; denn hier findest du zwei recht gute Wirtshäuser, wo du so gut aufgehoben bist, daß du, wenn wieder fort, lange an die Fleischtöpfe dieses hochgelegenen Ägyptens denken wirst. Du stehst hier gegen 3700 Fuß über der Meeresfläche, und eine prachtvolle Aussicht nach Bayern hinein lohnt dich reichlich für die gehabte Mühe.

Das ist der eine Weg nach Buchwald; es gibt aber noch einen andern, quer durch den Wald, direkt von Pürstling nach der Moldauquelle, wobei man den Lusen rechts läßt. Nur wer die Gegend gut kennt, möge ihn ohne Führer einschlagen: die Filze sind tückisch.

Da liegt, tief drinnen im Wald, an diesem Pfad die ziemlich große Vogelsteinschwelle. Wohl selten mag sich ein Sonnenstrahl in diesen dunklen Gewässern baden; tief und schweigsam, von keinem Wind gekräuselt, machen sie den Eindruck eines schwarzen Pfuhles in der Unterwelt. Von zwei Seiten hat das Wasser kein eigentliches Ufer, übergeht vielmehr in einen zähen, endlosen Filz, durch den ein einziger schmaler Prügelweg führt, in Schlangenwindungen, schier zum Verzweifeln für den ungewohnten Touristen.

Man hat diesen Weg lediglich zum Zweck der Auerwildjagd hergestellt, und im Frühling mag ihn manch hohe Jagdgesellschaft beleben. Als ich ihn vor drei Jahren im August in Gesellschaft eines Herrn Professors von Pilsen und des Herrn Forstadjunkten Tuček aus

Prachatitz

Pürstling betrat, entquollen weiße, neblige Dämpfe dem Sumpf, die uns jegliche Aussicht benahmen. Die Feuchtigkeit der Luft war ungeheuer, jeder Strauch, jedes Farrenkraut, jeder Grashalm troff von Wasser, als hätte es tagelang geregnet. Die jungen Fichten, denen ein unfreundliches Geschick hier in diesem saueren Moorboden ihren Standpunkt angewiesen hatte, rangen wie verzweifelt nach Licht und Luft; sie gediehen schlecht, ihre Nadeln standen kurz und schütter, und nur die grauen, grünen und weißen Flechten, die ihre kropfigen, gleichsam aussätzigen dünnen Stämme bedeckten, fühlten sich wohl und trieben lange bartige Haare, die selbst die dünnsten Reiser noch kraus umhüllten.

So ging's fort, rutschenden, unsicheren Schrittes, über Wassergräben und Löcher, wo der Fuß oft tief versank; der tastende Stock fand keinen Grund. »Das also ist der berüchtigte Filz!« murmelte der Herr Professor und verwünschte wohl mehr als einmal die kalbledernen Stifletten, die hier zergingen, als wären sie von Kartonpapier.

Dann kam der Wald, ziemlich junger Anflug, auf zahllosen vermoderten Leichen fußend, die in wirrem Durcheinander den Boden bedeckten. Ein unendliches Schweigen herrscht hier, die Ruhe des Grabes dieser in ewigem Schlaf gebetteten Riesen, deren mächtige, so lange alleinherrschende Generation dem 1870er Sturm zum Opfer gefallen ist. Ob wohl die Epigonen das Alter ihrer Väter erreichen werden? – Kaum! Dahin ist hier die alte Urwaldpracht, und was davon geblieben, ist höchstens ein matter Abglanz längst entschwundener Herrlichkeit. Noch tönt aus weiter Ferne das traute Läuten der Kuhglocken; wird es in zehn, in fünf Jahren auch noch tönen?

Über endlose, sonndurchglühte Schläge schreitet der eilende Fuß. Ungeheuere Stöcke ragen noch hervor aus dem meterhohen Gras, zum Teil noch ziemlich frisch, zum Teil schon faulend. An ihnen und zwischen ihnen ranken Himbeeren hervor, dichte, undurchdringliche Hecken und Gebüsche bildend; die aromatischen Beeren, von einem Wohlgeschmack, der ihnen sonst wohl nirgends eigen ist, winken dir freundlich zu und locken viele Leute herauf, die dann schwer beladen heimziehen. Der Kranke, dem der süße, duftende Saft die herbe Arznei mild einhüllt, denkt wohl nicht an die rauhen Berge, die ihm freundlich diese Gabe gespendet, ihr alles, was sie noch hatten, was der Orkan, das tückische Insekt und die grausame Hand des Menschen ihnen gelassen.

Als wir die Quelle der Warmen Moldau erreichten, stand bereits die Sonne hoch am Himmel. Ein einsamer Waldstier mit krausem, büffelartigem Kopf empfing uns gesenkten, gedankenschweren Hauptes. Wiederholt fortgejagt, kehrte er immer wieder zurück und glotzte uns an mit seinen langbewimperten Augen; schließlich tat er sich gemütlich nieder am Rande des Bächleins und pflegte wiederkäuend der Ruhe, indes wir unsere hartgesottenen Eier und steinhartes Selchfleisch verzehrten, mit dem uns eine Bäuerin acht Stunden weit von hier, in Kinitz-Tetau, bedacht hatte. – Ich kann dir nicht helfen, lieber Leser; wenn du hier mit Nutzen reisen, wenn du die versteckten, interessantesten Winkel unseres Gebirges kennenlernen willst, so mußt du deine Kauapparate und deinen Magen an solche Dinge gewöhnen wie das erwähnte Rauchfleisch der Bauern. Der Appetit, den dir die Bergluft macht, ist geradezu merkwürdig; er wird dir gewiß manche Dinge genießbar machen, die du sonst naserümpfend beiseite legen würdest. Die Entfernungen sind groß, und Gasthäuser sind eine unbekannte Erfindung, wenn du auch da und dort ein Glas Bier mehr aus Gefälligkeit als aus Profitrücksichten erhältst. Der jetzige Heger von Pürstling ist ein solcher Samariter, der immer ein Viertel ganz vortrefflichen Winterberger Bieres in seinem kühlen Keller für durstige Touristen vorrätig hält, um ihren Magen vor den Mikrokokken der Wotawa- und Moldauquellbäche zu bewahren. Wir fanden in unserem Durste, daß besagter Heger ein großer Mann sei; er soll sagen, ob wir seinem Getränk nicht Ehre genug antaten.

Lieber Leser, der du an Prager Schinken, Hamburger Ochsenrücken oder amerikanisches Corned beef gewöhnt bist und mitunter sehr kritisch über derartige Dinge urteilst, höre ein weniges über die hier landesübliche Zubereitung des Rauchfleisches. Da wird vorerst das frische Schweinfleisch in ziemlich dünne Streifen geschnitten, dann eingesalzen, wohl mit Wacholderbeeren gewürzt und lange, lange Zeit der Einwirkung des Salzes überlassen. Dann kommt es in den Rauchfang und bleibt dort *monate*lang. Der Rauch der Fichtennadeln enthält viel Kreosot, und das wirkt besonders konservierend. Dann, gewöhnlich mit Beginn des Frühlings, hängt man das also geselchte Fleisch an luftige Orte, wo es einen förmlichen Austrocknungsprozeß durchmacht. Dieses Fleisch hat nun die Konsistenz einer Hippopotamushaut, ist bisweilen beinhart, bisweilen kautschukartig elastisch und zäh, hält aber auf jeden Fall länger vielleicht als ein Menschenalter, etwa wie der bekannte Pemmikan der kanadischen Trapper oder der Charqui der Südamerikaner. Kein Kochen der Welt, am allerwenigsten aber hartes Gebirgswasser, vermag es völlig weich zu machen; das ist ein Geschäft, welches nur deine Zähne besorgen können, lieber Leser, und hast du keine, um so schlimmer für dich.

Es gibt aber nicht bloß geräuchertes Schweinfleisch, sondern auch ebensolches Schöpsen- und Rindfleisch. Das Fleisch einer altersschwachen Kuh ist in dieser

Form besonders empfehlenswert und vermag bei länger dauerndem Genuß den Kaumuskeln eine ganz abnorme Kraft zu verschaffen. Ich will dir gestehen, daß letzteres Nahrungsmittel nie zu meinen Lieblingsspeisen gehört hat; nichtsdestoweniger hat es Momente gegeben, wo ich tapfer einhieb, selbst wenn vorjähriges Kraut serviert wurde, dessen Säure mit der noch zu erwähnenden »Hirgstmül« (Herbstmilch) an Schärfe wetteiferte, ja bei Ungewohnten ein Gefühl von Vitriolvergiftung hervorgerufen hätte. Man lernt alles, lieber Leser.

Während wir also da saßen und derartige kulinarische Betrachtungen anstellten, auch einige Verse und Inschriften besprachen, welche in das Holz der »Ursprunghütte« eingegraben waren, um Zeugnis zu geben von den Gefühlen irgendeines da gewesenen Kieselacks, erfuhren wir aus dem Munde unseres liebenswürdigen Führers eine Neuigkeit, die uns geradezu verblüffte. Du hast ein Recht, mir zu zürnen, lieber Leser, daß ich dir dieselbe so lange vorenthielt. Ich habe zu meiner Entschuldigung nichts anderes anzuführen, als daß ich vor der schrecklichen Börsenpanik Furcht bekam, welche die Publizierung einer so sonderbaren Mär gewiß und sicher veranlaßt hätte.

Denke dir nur, lieber Leser: in den Wildnissen zwischen dem Lusen, dem Siebensteinköpfel und dem Mittagsberg treibt sich Tag und Nacht herum, ohne Stiefel, ein Schrecken aller Jäger und Grenzwächter, rate, lieber Leser! – umsonst, du errätst es nicht – *Rothschild*, der leibhaftige Rothschild, ich weiß nur nicht, ob er mit seinem Vornamen Nathan, Alfons, Mayer oder sonst wie heißt. Die bayerischen Behörden haben einen Preis auf sein Ergreifen gesetzt, aber bis dahin wenigstens war alles vergeblich. Rothschild ist schlau und gerieben, er kennt die geheimsten Schlupfwinkel der Wälder und Filze, er benützt sans façon und ohne einen Rheumatismus befürchten zu müssen die Erde als Unterbett und den Himmel als Zudecke; er entbehrt mit Vergnügen die Gänseleberpasteten und der Witwe Cliquot sowie Röderers süßes, schäumendes Getränk, und es würde schwerhalten, dir, mit Ausnahme des nicht eben seltenen Wassers, die Stoffe namhaft zu machen, die er behufs Ernährung konsumiert. Doch die Antisemiten mögen jubeln: die bayerischen Behörden werden sich bis zum Winter vertröstet haben, dann wird selbst dem Rothschild Ober- und Unterbett zu feucht und zu kühl geworden sein und ihn gezwungen haben, etwas tiefer, ins »Land der Menschen« herabzukommen, wofern er es nicht vorzog, kleine Kreisjagden auf seine kostbare Person arrangieren zu lassen. Aber kriegen werden sie ihn gewiß, den Rothschild, und einsperren werden sie ihn dann irgendwo in Passau oder in Regensburg. Es kann auch sein, daß die Rothschildkomödie tragisch enden wird oder schon geendet hat, wie jene mit dem Gesetzesverächter, die ich dir früher erzählte und die mit jenem Schuß oben am Gipfel des Lusen einen so traurigen Abschluß fand.

Ja, bedaure ihn, lieber Leser; das ist abermals ein derartiger Unglücklicher, den Verhältnisse und Leidenschaften in den Kampf mit der Gesellschaft getrieben haben. Er heißt wohl Rothschild, ist aber ein armer Teufel, der die Börse wohl kennt und dem das Steigen eines Birkhuhns tausendmal mehr Aufregung gebracht hat als das Steigen aller Aktien, Prioritäten und Renten der Welt. Die Gesellschaft ist verpflichtet, seine ihr nicht gerade nützlichen Passionen zu steuern und ihn unschädlich zu machen; sonst ist er aber vielleicht ein guter Kerl, der niemandem ein Leid täte; auch ist er gewiß an den mehrfach genannten Viehdiebstählen unbeteiligt, welche die Grenze so sehr in Aufregung versetzen und gewiß noch zu Gewalttaten Veranlassung geben werden, wenn kein Mittel gefunden wird, dem Unwesen ein Ende zu bereiten. Ist halt so ein Waldbayerntypus, der arme Teufel von einem Rothschild.

Gibt viele solche Typen. Weiter unten im bayerischen Land, an der Straße, die von Freiung nach Passau führt, steht unter hohen Buchen eine hübsche Kapelle, geweiht Unserer Lieben Frau von Daxberg. Da drinnen hängen eine Menge Wachspräparate *ex voto*, Arme, Hände, Füße, ganze Kinder, daneben Rosenkränze, Kreuzeln, Geldstücke, alles mögliche, was fromme Leute der Heiligen Jungfrau zum Dank für wundertätige Heilungen und Errettungen aus Gefahren dargebracht haben. Vor Jahren unterhielt ich mich einst mit dem geistlichen Herrn des Ortes, dessen Namen ich vergessen habe, über die Leute, welche diese Gaben dargebracht. Er erzählte mir in seiner freundlichen Art viel Interessantes darüber, bemerkte aber auch, daß bisweilen Leute kommen, die ganz sonderbare Zumutungen an die Heilige Jungfrau stellen. Da kam auch einst ein junger Bursche und eröffnete dem Geistlichen, er habe in der vergangenen Nacht in einem benachbarten Dorfe gerauft und die Geschichte sei recht unglücklich ausgefallen. »I bin a gueta Kerl«, sagte er, »i konn koan Menschen nix nöt toa (tun); aber 's Bier mocht mi gach (jäh, jähzornig), und oftern (dann) mueß i rafe (raufen); do hon i an Wirt-Luisl oans am Schädel g'haut, daß er hinwird. D' Schtantaren (Gendarmen) sand scho hinter mir drein, und eigspirrt wir' i, do gibt's koa Auskema nöt.« Er erzählte nun des langen und breiten den Hergang der Geschichte, berichtete, wie ihm die Sache am Gewissen nage und daß er bereits zehn Rosenkränze gebetet; zuletzt äußerte er, er mache sich anheischig, zwanzig Pfund Wachs zu opfern und ein schönes Kruzifix in der Kapelle aufhängen zu lassen, wenn sich die heilige Maria herbeilassen wollte, auf den Sinn der Richter dahin zu wirken, daß diese sein Verbrechen für schwere körperliche Verletzung und nicht für Totschlag erachten.

Wir aber brachen nach genommener Mahlzeit auf gegen Buchwald. Dem Herrn Professor muß ich nochmals mein Kompliment machen; er hat das harte Selchfleisch wacker vertragen, und sein Magen schien nicht im mindesten davon belästigt zu sein. Ich war viel melancholischer gestimmt; der Schwarzberg, den ich noch in seiner vollen Urwaldherrlichkeit gesehen, gleicht dem Orjen an der montenegrinischen Grenze; seine Flanken sind kahl, das graue Gestein blickt düster hervor zwischen dem Himbeer- und Schwarzbeergestrüpp. »*Ein* Gutes hat uns der verhängnisvolle Sturm und die Borkenkäferkalamität gelehrt«, meinte der Herr Adjunkt, »unsere Vorgänger hieben den Wald von der Windseite an, wo die stärksten Bäume standen. Sie deckten mit ihren Riesenleibern die schwächeren Stämme, die in weichem feuchtem Boden wurzelten. Wären diese Windbrecher stehengeblieben, so hätte der Sturm keinen Ansatz gefunden; so aber warf er ganze Strecken nieder. Wir und unsere Nachfolger werden uns dies zur Warnung dienen lassen.«

Die Buchen um Buchwald herum sind zur Mythe geworden; ich sah nicht *eine* mehr. Aber – so erzählte man mir – in finsteren, regenfeuchten Nächten phosphoresziert das morsche Holz der alten Stöcke gleich Leuchtwürmerklumpen. Dann bekreuzen sich die nächtlichen Wanderer und denken an üble Zeichen und bösen Spuk.

Ach ja, ein übles Zeichen, das letzte Aufleuchten am Grabe einer Herrlichkeit, die dahin ist, wohl für ewige Zeiten.

Dreitausendsiebenhundert Fuß hoch über dem Meere hast du geschlafen; denn daß die Wände dünn sind und das Läuten der Kuhglocken aus dem Stall zu dir dringt, wird dich wohl nicht übermäßig im Schlafe gestört haben. Es klingt so traulich, das liebe Geläute, es erweckt in mir wenigstens stets so süße Erinnerungen an die Kindheit, daß ich es hier oben nicht gerne missen möchte. Klingkling – bimbam, geht's »klar und grob« durcheinander, wie lieber Stimmen Klang. Fast scheint es, als ob die guten Tiere durch das Medium der erzgegossenen Glocken miteinander sprächen. Versuche es nur und verwechsle die Glocken, und du wirst staunen, was du für eine Verwirrung angerichtet hast. Zuerst stehen die Tiere verdutzt da und blicken ganz ängstlich um sich; von einem ruhigen Grasen ist fortan keine Rede. Die Unruhe wächst immer mehr; angstvoll peitscht der Schweif die Flanken. Bald mischt sich Zorn in die Unruhe; die Tiere scheinen allen Ernstes ihre Genossen im Verdachte teuflischer Ränke und boshaften Diebstahls zu haben. Je nach ihrem individuellen Temperamente greifen sie den vermeintlichen Missetäter wütend an oder jagen in rasendem Laufe, gleichsam verzweifelnd über den Verlust der gewohnten metallenen Zunge, durch dick und dünn davon. Die sonst so friedliche Schar löst sich in eine Reihe Einzelkämpfer auf, die sich, ehe sie zu Tätlichkeiten übergehen, in förmlich homerischer Weise durch Gebrüll und Stampfen herausfordern.

Wo sind die Zeiten, wo ich einst als Knabe meine nun längst dahingeschiedene »Basel« durch oben erwähntes Stückchen, das ich in aller Unschuld und in der besten Meinung ausgeführt, in helle Verzweiflung brachte! Dieser Jammer des Hirten, dem sein Vieh unbotmäßig wurde und durchging, bis man endlich der Sache auf den Grund kam.

Klingkling, bimbam, die Satansfliegen geben keine Ruhe, und wie der Tag anfängt zu grauen, da muß alles hinaus, die Kühe aus dem Stall, die Menschen aus den Betten. Und es ist eigentlich gut so, wenigstens genießt man den ganzen lieben Tag.

Also fort, lieber Leser! Für heute führe ich dich ein

Das Rathaus in Prachatitz

wenig nach Bayern hinaus, nach Finsterau, nach Heinrichsbrunn, und wenn du noch nicht genug hast, bis nach Mauth oder nach Kreuzberg hinauf. Du magst hiebei den Unterschied betrachten zwischen der Art und Weise, wie sich das Gebirge nach Bayern zu und wie es sich auf der böhmischen Seite senkt und in flaches Land übergeht: hier sehr allmählich, langgestreckte Ebenen bildend, die bloß von einzelnen hohen Kuppen überragt werden, mit verhältnismäßig wenigen Tieftälern; dort – in Bayern – schroff und plötzlich, in langen, parallel laufenden Höhenzügen, die durch tiefe, von brausenden Gewässern durchströmte, schmale Täler geteilt sind. Immer niedriger werden die Bergzüge, und ehe du es meinst, bist du im Donautiefland. Drum scheinen die Berge viel höher auf der bayerischen Seite, trotzdem sie es in Wirklichkeit, wenigstens ihrer absoluten Höhe nach, nicht sind. Milder weht die Luft von Westen her und begünstigt den Wuchs des Laubholzes. Dies ist auch der Grund, warum die Wälder drüben lange nicht so finster, so ungemein düster aussehen wie auf der böhmischen Seite, auf den Hochflächen von Pürstling, Außergefild, Ferchenhaid.

Was dir, lieber Leser, vor allem in den bayerischen Gehöften auffallen wird, das ist die Reinlichkeit und Nettigkeit, die einem von außen und von innen entgegenlacht. Massiv und oft roh genug gezimmert erscheint das hölzerne Haus, das flache Dach voll Steine – bayerische Schindelnägel nennen sie die grauen Gneisblöcke –, aber blank ist alles und sauber zusammengeputzt sogar die Düngerstätte. Im Innern herrscht gleichfalls eine Sauberkeit, die wir – ich muß es schon offen heraussagen – auf unserer Seite des Gebirges vergeblich suchen würden.

Diese minutiöse Reinlichkeit fällt um so mehr auf, als sonst die Waldbayern nichts weniger als feine Manieren haben und bei all ihrer natürlichen Gutmütigkeit gar oft, besonders wenn sie in Affekt geraten, Züge wirklicher Roheit an den Tag legen. Wenn schon unser Gebirgsbauer wenig von »Europas übertünchter Höflichkeit« kennt, so gilt dies von dem bayerischen Waldbauer in noch erhöhtem Maße: soviel glänzend weiße Tünche das Mauerwerk seines Hauses aufweist, so wenig »getüncht« ist seine Ausdrucksweise, sein Auftreten und so weiter. Sogar für unsere Gebirgsbewohner gilt der Bayer als Inbegriff aller Grobheit. Doch gilt dies natürlich nur in bezug auf die Art und Weise, wie er sich äußerlich präsentiert; lernt man die Leute näher kennen, so wird man finden, daß sie fast ausnahmslos biederen Sinnes, gutmütig und fromm, gastlich und, wenn ungereizt, sogar weichherzig sind.

Freilich, bei den zahlreichen Sonntagsraufereien, in denen der unbändige Trotz seiner Natur, der überquellende Übermut seines sehr aktiv beanlagten Wesens zum Durchbruch kommt, wird er oft zur wahrhaften Bestie. Es gibt Dörfer, wo sich die Burschen den Nagel am Daumen lang wachsen lassen, wo sie ihn durch verschiedene Mittel härten, um gegebenenfalls dem Gegner das Auge auszustoßen! Was mich betrifft, der ich, ich kann's wohl sagen, dreißigmal und zu jeder Jahreszeit den Weg zwischen Buchwald und Freiung zurückgelegt habe, der ich jedes Wirtshaus, jedes Brauhaus bis nach Passau hinein kenne und stets mit den Leuten verkehrte, ich kann nichts Schlechtes über sie sagen. Ich erinnere mich noch, wie ich einst im März in Begleitung eines Kollegen – ich studierte damals an der Universität zu Wien – von Passau aus zu Fuß über das Gebirge meiner Heimat zuwanderte. Ungeheure Schneemassen bedeckten das Gebirge, und bei jedem Schritt sanken wir tief in die bereits weich werdende Masse ein, und der Weg wurde uns recht sauer, zumal wir jeder einen ziemlich umfangreichen Pack auf unseren Rücken trugen. Wir schritten so schier verzagend der hochgelegenen Straße entlang und befanden uns gerade auf dem Gebirgskamm zwischen Mauth und Zwölfhäusern, wo links in tiefer Schlucht das Reschwasser, rechts fast noch tiefer der Teufelsbach rauscht, und sprachen darüber, wie wir heute noch Buchwald erreichen könnten, als rasche Schritte sich hinter uns hören ließen.

Ein junger Mann in schwarzem Janker und dito ledernen Beinkleidern holte uns ein. Bei unserem Anblick blieb er verwundert stehen.

»Wos hats denn ös für oa?« fragte er. »Hats a recht ormselige Schuesta!« (Was seid denn ihr für »welche«, seid auch recht armselige Schuster!)

Wir gaben ihm Auskunft. Der Mann stellte sich uns quer in den Weg; es war eine wahre Hünengestalt, breitschultrig und hoch, ein wahrer Typus trotziger Manneskraft.

»Ihr armen Schlucker«, sprach er in herzlichem Tone, natürlich im urwüchsigsten Hinterwäldlerdialekt, »gebt her eure Ranzen! Ihr habt euch müde genug geschleppt. Ich gehe zwar eigentlich nur nach Heinrichsbrunn, aber ich will sie euch bis Buchwald tragen.«

Graue Schwaden wälzten sich herüber von Steinberg und erfüllten bald das tiefe Tal des Reschwassers; regenschwer und finster umzog sich's im Westen, und bis Buchwald war's gut 15 Kilometer weit.

Wir erkannten die Größe der uns angetragenen Gefälligkeit und machten den Versuch, sie dankend abzuweisen. Wir wären beinahe schlecht angefahren.

»Was? Ös mochts Faxen?« klang es beinahe drohend. »Man sieht euch doch die Müdigkeit an! Nur her mit den Ranzen; mir is das ein ›Kindergspül‹ – ös Sakra ös!«

Und fort ging's, bergauf, bergab, die unendliche Straße entlang, durch tiefe Wehen, durch den breiartig aufgeweichten Schnee, denn ein feiner Regen rieselte herab.

Ich gestehe, wir hatten alle Ursache, dem Manne dankbar zu sein, denn ohne seine Hilfe wären wir wohl unterwegs liegengeblieben. Dabei erzählte er uns ohne Unterlaß bald von seinen zwei Buben und seiner alten Mutter drüben aus Schönbrunn, wobei seine Stimme butterweich wurde, bald wieder von seinen Heldentaten in diversen Wirtshäusern und den kaiserlichen Finanzern gegenüber. Die breitepische Rezitation dieser Tathandlungen war häufig von dramatischen Interjektionen etwa folgenden Inhaltes unterbrochen:

»Glaubts dös eppa nöt? Ös böhmischen Sakra!« oder: »Da gibts nix dreinz'reden! Wer dös nöt glaubt, den schmeiß um Treard (die Erde), daß eam Buina (die Gebeine) krachen!«

Wir befanden uns damals in einer Lage, die uns, abgesehen von den Gefühlen der Dankbarkeit, welche uns beseelten, absolut von jedem Unglauben bewahrte. Wir hätten damals alles geglaubt, auch wenn er uns erzählt hätte, daß er den Lusen, dessen Haupt zeitweise aus dem Nebel heraustrat, von Passau an seinen jetzigen Standort versetzt habe; so glaubensfest machen zuweilen die Umstände den Menschen.

In Heinrichsbrunn machten wir eine kurze Rast. Wir erfuhren dort, daß unser Retter gerade an dem Platz, wo wir saßen, zwei »Böhm« um »Treard g'haut« hatte. Im anderen Wirtshause hatte er die »ganze Wirtsstube, den Wirt mit, außig'feuert«. Das Bier war fast tintenschwarz und roch nach verbranntem Malz; nichtsdestoweniger rühmte es unser Mann und trank schnell vier Glas aus, ehe wir das eine nur mit Schauder hinuntergewürgt. Wir waren indessen so glaubensstark, daß wir in seine Lobpreisungen wacker einstimmten. Nachdem er das vierte Glas geleert, stand er auf und sprach: »Jetzt kimmt's!

Wonn i mehr saff, wir i hitzi und gach!« Da wir keine Lust hatten, uns persönlich davon zu überzeugen, welchen Anblick er, »hitzi und gach« geworden, geboten hätte, so stimmten wir bei und folgten ihm.

In Finsterau wurde abermals kurz gerastet; auch hier sollten wir manche Heldentat erfahren, manches Schlachtfeld näher in Augenschein nehmen. In einem der Gasthäuser hatte er alles »verdemelliert« (demoliert) – kein Stuhl war ganz geblieben.

Als wir bereits spät am Abend am Zollschranken von Buchwald anlangten, fiel es uns auf, daß die Finanzer uns eigentümlich anzwinkerten. Unser Gepäck wurde einer ungemein gründlichen Revision unterzogen, wie nie zuvor.

»No jo, sucht's nur, ös Brisilschnüffler, ös dalkerten!« höhnte der Bayer. »Wenn ich etwas schwärzen wollte, ich käme euch just zu eurem Schranken her!«

Dann wandte er sich zu uns: »B'hüet Eng Gott, und wonn's amol af Schönbrunn kimmt's, suecht's mi ham!« (Behüte euch Gott, und wenn ihr einmal nach Schönbrunn kommet, suchet mich heim!)

Unsere Dankesbezeugungen wies er mit den Worten ab: »Bin i leit koa Christ?« (Bin ich etwa kein Christ?)

Die Grenzaufseher sowie die Wirtsleute, denen wir von unserem Begleiter erzählten, schlugen vor Verwunderung die Hände zusammen, und wir erfuhren, daß der großmütige Helfer in unserer Not der berüchtigtste Schwärzer, Wilddieb und Raufer im ganzen Wald gewesen sei.

Ein anderes Mal machte ich mit einem anderen Studiengenossen, einem Mediziner, denselben Weg; das war aber im Sommer, und zwar an einem Sonntage.

Wir kamen nach Kreuzberg, gerade als man zur Vesper läutete.

Wir waren müde und der Platz einladend; so beschlossen wir denn, bis zum nächsten Tage hierzubleiben; hatten wir doch von Passau her einen Weg von neun Stunden zurückgelegt.

Gegen Abend setzte sich ein bereits älterer Herr an unseren Tisch, und bald war ein Gespräch im Gange. Wir erfuhren, daß dies der Herr Bezirkschirurgus von G. sei. Das war Wasser auf die Mühle meines Freundes. Die beiden vertieften sich in ein Gespräch über die neuesten Fortschritte der Chirurgie, und bald widerhallte der ziemlich geräumige Saal von Worten wie: Trepanation, Resektion, Amputation und dergleichen, und »interessante Fälle« wurden mit allen grausigen Details in immer neuer Fülle förmlich auf den Tisch gebracht, so daß die übrige Gesellschaft bald stumm wurde und lautlos den halbverstandenen Schauermären zuhorchte, in deren Erzählung die beiden sich überboten.

Neben mir saß der Lehrer. Er wurde nicht müde, mich zu versichern, was für ein grundgescheiter Mann der Chirurgus sei; reine Wunderdinge habe er bereits vollbracht.

»Der junge Herr ist offenbar auch ein geschickter Doktor«, meinte der Kreuzberger Pädagog, »aber mehr *dialektisch*; der Chirurgus ist aber *praktisch*.«

Die Folge zeigte, daß der Lehrer »theoretisch« sagen wollte. Indessen hatte sich der Chirurgus zu einer förmlichen Rede aufgerafft. Ohne auf das zahlreiche Bauernauditorium Rücksicht zu nehmen, sprach er etwa also: »Sie würden gar nicht glauben, lieber Herr Collega, was für ein Fell diese Kerle haben. Wird letzthin einer zusammengestochen bei einer Musik: rechter Lungenflügel durch, Zwerchfell durch, und tief in die Leber geht der Stich. Geht noch tausend Schritt weiter, der Kerl, trotz Pneumothorax traumatiens – unbegreiflich! Ich werde gerufen, sehe die Bescherung und sage: Hilft nichts mehr, den Pfarrer holen! Versuche indessen noch mein

Möglichstes. Und was denken Sie, lieber Herr Collega? Aufgekommen ist die Kanaille, gesund ist sie geworden, wie ich und Sie. Das können die Leute hier bestätigen ...«

»Eh, eh, is richti nöt hin word'n, der Sakra!« ging's im Kreis herum.

»Ach, hat schon wieder gerauft, der Hund, seit dieser Zeit«, fuhr der Chirurgus fort, »ist wegen körperlicher Beschädigung schon wieder verurteilt worden, drunten im Landgericht von Grafenau.«

»Recht hobt's, Boder; ogstroft is er word'n«, bestätigte der Chorus.

»Sie hätten ihn damals hören sollen, Herr Collega«, ging die Rede weiter, »was der Lump, der mich sonst einfach Bader her, Bader hin per du anredete, für Titel erfand, als es sich darum handelte, ihm ein Zeugnis auszustellen, daß seine Verletzungen schwer und lebensgefährlich gewesen seien, damit sein Gegner recht eingetaucht werde. Da war ich plötzlich: ›Ös, Ew. Hochgestreng! Ew. Gnaden! Exzellenz, Herr Bezirkschirurg!‹«

Dann überging der Chirurgus auf einen anderen Gegenstand und sprach, seine Bauernpraxis kommentierend: »Glauben Sie denn, so ein Lümmel würde eine farb- und geschmacklose Tinktur für wirksam halten? Gottbewahre! Je mißfarbiger das Zeug aussieht, je schauderhafter es schmeckt, desto mehr Vertrauen erweckt es in seiner simpelhaften Seele! ›Dös soll helfen?‹ sagte er, ›dös is jo süß! – Aber das is a Medrizin! Dös zerreißt am (einem) grod 's Gedarm!‹ – Da sollten Sie mal sehen, was Salmiakgeist für ein Arkanum ist! Ich gebe dem Kerl irgendeine Medizin und lasse ihn gleichzeitig zu Salmiakgeist riechen, bis er halb erstickt ist. Er ist dann überzeugt, daß die stinkende ›Medrizin‹ geholfen hat. Täte ich es nicht, so liefe er zu allen alten Weibern, Schindern und Kurpfuschern, opferte allen Heilen

Kerzeln und Wachsfiguren, bis er zugrunde ginge. – Da haut sich einer in den Fuß; würde ich die Wunde einfach zunähen und sagen, er möge weiter nichts tun als dieselbe reinigen, so würde ich damit gar nichts erreichen. Der Kujon und seine Sippschaft würde pfundweise Hirschinselt, Hasenschmalz, Dachsfett und was sonst noch aufzutreiben wissen und schmieren, schmieren – sage ich Ihnen – bis die Wunde durch das ranzige Fett brandig würde. Ich aber reibe ihn oberhalb der Wunde mit *Asa foetida* ein und lasse noch ein Stückchen davon auf die glühende Ofenplatte fallen, so daß das ganze Haus stinkt wie die infernalische Pest. Dann ist er zufrieden und patzt und kuriert nicht selbst herum.«

»Ja, ja, dialektisch sein ist nicht genug«, meinte der Lehrer, »praktisch sein ist die Hauptsache!«

Lange noch unterhielten sich die beiden Äskulape, bis der Chirurgus endlich aufbrach und das Rollen des Steiererwagels seine Abfahrt verkündete.

In der Nacht wurde mein lieber Freund plötzlich krank. Was ich damals für eine Angst ausstand, in dieser Einöde mit ihm zurückbleiben zu müssen, vermag ich niemandem zu beschreiben. Bis er diese Zeilen liest, wird er sich daran erinnern, wie die Wirtin wohl einen Zentner Federbetten über ihn warf, um ihn in Schweiß zu bringen. Die Kur hatte die gewünschte Wirkung; am nächsten Morgen fanden wir uns frisch und munter wieder unterwegs. Bald schimmerte uns von rechts das traute Kirchlein von Fürstenhut entgegen, von drüben her über dem Teufelswasser, und am Abend saßen wir beim Blechinger in Buchwald.

Zehntes Kapitel

Buchwald – Die Moldauquelle – Der Geistliche und der Doktor – Außergefild

Buchwald gehört zur Herrschaft Groß-Zdikau, Eigentum der gräflichen Familie Thun; hier allein erreicht nichtschwarzenbergischer Besitz die Grenze, das kaum eine halbe Stunde weit entfernte Fürstenhut mit seiner weithin sichtbaren Kirche gehört bereits wieder dem Fürsten Schwarzenberg. Zur Großzdikauer Herrschaft gehören die weiten Forste zwischen dem Schwarzberg, dem Siebensteinköpfel, dem Postberg und dem Hanefberg, bis weit über Außergefild hinaus. Auch hier hat der Sturm vom Jahre 1870 und die darauffolgende Borkenkäferkalamität schreckliche Breschen geschlagen. Wer die Waldwildnisse zwischen den erstgenannten Bergen vor der Katastrophe gesehen und sie dann später wieder betreten hat, der wird mir recht geben, wenn ich behaupte, daß die Gegend viel von ihrem so typischen Aussehen verloren hat. Der herrliche, über alle Beschreibung majestätische Urwald, der die Senkung zwischen dem Schwarz- und dem Postberg ausfüllte, ist dahin; der »Ziehweg«, der von dort gegen Buchwald führt, ist jetzt verhältnismäßig verödet, wenn man die heutige Frequenz mit derjenigen vergleicht, welche hier herrschte, als man das vom Sturm gefällte und später das sogenannte Käferlholz aus dem Walde gegen das letztgenannte Dorf beförderte. Das war ein Leben im Winter! Die ganze Bevölkerung der weit herum zerstreuten Ortschaften war damit beschäftigt, die prachtvollen Stämme auf niedrigen Schlitten fortzuschaffen aus ihrer Heimat, wo sie so lange im Frieden gestanden und gewachsen waren. Und die Glöcklein, die da hinausklangen in die schneidende Winterluft, sie waren das Grabgeläute des herrlichen Waldes. Hingesunken ist er und wird wohl niemals, niemals wieder erstehen in seiner ersten, jungfräulichen Pracht, in seiner düstern Majestät. Es war so schön hier oben, so still und hehr; die Brust wurde weit in dem Gefühl, den Menschen und ihrem habgierigen Treiben entrückt zu sein und zu wissen, daß es noch einen Ort gibt in unserem schönen Vaterlande, wo die Natur allein waltet und schafft, und das an einer Stelle, wo der Hauptstrom des Landes, die Moldau, ihren Ursprung nimmt. Selbst wenn die Wasser nach Prag kamen, sah man es ihnen noch an, wo sie sich gesammelt hatten; dunkel war ihre Farbe, wie der Torfgrund der Filze, die ihnen ihren Überschuß an Feuchtigkeit gaben. Jetzt überwiegt das Braun und Gelb der Ackerkrume, welche die im Land niedergehenden Regen den Flüssen zuführen. Es ist eine nicht zu leugnende Tatsache, daß die ungeheuren Wälder an der Grenze die von Westen kommenden Regenwolken aufhielten, bis dieselben ihnen ihren Inhalt abgegeben. Die Feuchtigkeit sammelte sich in den Wäldern und Filzen, welche sie dann allgemach den ihnen entströmenden Bächen übermittelten. So blieben die Flußadern wasserreich, und doch waren Hochwässer seltener denn jetzt. Diese Tatsache ist bereits vielseitig und gründlich gewürdigt worden; mögen die Kreise, die es angeht, sie nie aus den Augen verlieren!

Will man von Buchwald aus die Moldauquelle besuchen, so führt der Weg über welliges, heute meist von jungem Anflug bedecktes Terrain. Die Quelle selbst liegt in einer filzigen Niederung. Die kleine Vertiefung,

Straße in Prachatitz

worin die Quelle entspringt, ist jetzt eingemauert; eine offene Hütte steht da, mit Tischen und Bänken; wenn ich nicht irre, besteht dieselbe seit der Zeit, als hier der böhmische Forstverein seine Jahresversammlung abhielt.

Bis zum Jahre 1870 lag sie tief drinnen versteckt in schier undurchdringlichem Urwald. Eine Riesenfichte stand unmittelbar am Rande der Quelle, wohl zwanzig Klafter hoch, mit einem Stamm, der mindestens vier Schuh im Durchmesser hatte. Sie stand da an der Wiege unseres typischen Stromes wie ein Wächter aus uralten Zeiten, den Stürmen trotzend, den Blitz herausfordernd. Um ihn herum standen sie dichtgedrängt, die hundertjährigen Genossen – sie erlagen alle dem winzigen Insekt, das hier furchtbar gehaust, gewaltige Riesen den nichtigsten Pygmäen. Ist das nicht ein Omen?

Vor vielen Jahren kam ich an dieser Stelle mit einem alten Pfarrer aus einem entfernten Böhmerwalddorfe zusammen. Er war so lustig, der alte, liebe Herr, und erzählte mir so schnurrige Geschichtchen aus seinem Seelsorgerleben, und wieder so traurige, daß ich mich bald vor Lachen schüttelte, bald zu Tränen gerührt war. Er war so ganz eins mit seinen Pfarrkindern; es war rührend und erhebend, ihn zu hören. Mir wird immer so hart ums Herz, wenn oft Leute, die das Leben bei uns so wenig kennen, so gedankenlos losziehen auf unsere Geistlichen. Fürwahr, die leidige Politik treibt bisweilen häßliche Blasen! Oder ist es etwa leicht, im Eis und Schnee des Winters, in den Stürmen und Regenschauern des Frühjahrs, wo hundert Bäche den Weg kreuzen und denselben in einen moorigen Tümpel verwandeln, stundenweit zu gehen, um einem Sterbenden den letzten Trost zu bringen? Dabei jahraus, jahrein in den einsamen Dörfern wohnen müssen, ohne den anregenden Umgang mit Gleichgebildeten? Kennt ihr die Bedürfnisse des Volkes, ihr, die ihr so hart absprechet, kennt ihr sie besser als diejenigen, die unter ihm wohnen, die alle seine Freuden und Leiden teilen? Ist es etwa ein Verbrechen, wenn ein Diener der Religion dieselbe Religion hochhält? Welchen Ersatz werden die bestgemeinten philosophischen und politischen Theorien dem armen Volke geben für den Trost, den die Religion und ihre Diener den Bedrängten spenden? – Die Natur ist rauh und kennt keine Barmherzigkeit; der Mensch, der hier oben leben will, muß schwer ringen im Kampfe ums Dasein, damit er bestehe ...

Verüble mir all diese Fragen und Erwägungen nicht, lieber Leser, wes Glaubens du auch sein magst. Ich werde dir eine kleine Geschichte erzählen und bin überzeugt, du wirst die Gefühle würdigen, die laut zu bekennen ich nicht anstehe. – Da liegen tief drinnen im Wald, zur Gemeinde Außergefild gehörig, einige Hütten. Die Bewohner ernährt der Wald allein, denn nicht einmal Hafer und Kartoffel gedeihen auf diesem rauhen Plateau. Eine eigentümliche Industrie verschafft den armen Leuten das wenige Bargeld, dessen sie bedürfen: sie drehen Zündhölzchenschachteln und verfertigen ziemlich roh aussehende Holzschuhe. Das Stück, woraus die Sohle verfertigt werden soll, wird auf einer Art Hobelbank befestigt und mit einem stemmeisenförmigen Messer gehöhlt. Der Familienvater ist eben mit dieser Arbeit beschäftigt; er hat Eile, denn in wenigen Tagen ist Markt in Winterberg; er berechnet wohl im Geiste, wieviel der Erlös für seine Holzschuhe betragen wird. Da rutscht das Messer ab, und die Spitze begräbt sich tief in den Unterleib des Unglücklichen. Das Weib ist vor kurzer Zeit mit einem Tragkorb Faßspunde ins »Polaufengefild« gegangen, und es ist niemand da, der dem Verletzten die erste Hilfe brächte. Sein ältester Sohn, ein zwölfjähriger Bursche, lief wohl schnell zu den Nachbarn, doch sind alle Erwachsenen im Wald an der Arbeit und müssen erst gesucht werden. Indessen läuft der Bursche, um keine Zeit zu versäumen, nach dem zirka vier Stunden entfernten Bergreichenstein, wo damals der nächste Arzt wohnte; es war dies mein Vater.

Ich war damals in Außergefild bei lieben Freunden. Es war ein schauerliches Wetter – im April. Der Schnee lag noch knietief, an manchen Stellen klaftertief; dabei rieselte unendlicher Regen herab, der, wo er sich ansetzte, zu Eis gefror, so daß die Bäume wie mit Kandiszucker überzogen aussahen und die Äste unter der Last brachen. Sämtliche Bäche waren ausgetreten, das Wasser staute an den Schneewehen, überschwemmte die Wege und überzog sich, wo es nicht strömen konnte, mit einer leichten Eisdecke.

Es war bereits Nacht, als der Doktor Klostermann von Bergreichenstein kam; ich sehe ihn noch vor mir, den langen, grauen Bart zu einem förmlichen Eisklumpen gefroren. Er stieg bei Verderber ab, just wo ich damals war, um sich ein wenig zu wärmen. Der Bursche des Verletzten war mit ihm gekommen; er kauerte sich, zitternd vor Frost und verzweifelt weinend, an der Ofenbank nieder.

»Sie können so nicht fort, Herr Vetter«, äußerte Verderber, der mit uns verwandt war, »der Filz ist grundlos, und die Nacht ist rabenschwarz; ich will zwei Leute mit Fackeln mitgeben, die Allerheiligste Jungfrau wird Sie glücklich hin- und zurückgeleiten.«

Die versprochenen Fackelträger wurden beigestellt, und ich schloß mich der nächtlichen Expedition an.

Ich will den Weg, der eine gute Stunde in den Wald hineinführte, nicht schildern; was ich oben angedeutet, möge genügen. Sie war furchtbar unheimlich, diese Aprilnacht. Rechts und links rauschten und brausten die Gewässer, die Äste der alten Fichten knarrten und stöhnten; dazu das flackernde Licht der Kienfackeln, das die glitzernden Eiskristalle millionenfach reflektierten.

Da erglänzte vor uns ein anderes Licht; wir spornten unseren Schritt, um das Licht einzuholen, und es gelang uns auch, trotz des brodelnden Schneebreies, der unsere Schritte hemmte. Es waren zwei Männer, die vor uns dem gleichen Ziele zustrebten; einer trug eine Fackel, der andere schritt gebückt, mit sichtlicher Anstrengung neben ihm her.

Als wir die beiden eingeholt, erklang plötzlich ein Glöcklein. »Ad aegrotum!« (zum Kranken) flüsterte die gebückte Gestalt und hob den Leib Christi, uns zu segnen. Hier im Wald, im wilden Wetter segnete der greise Pfarrer den Doktor, der gleich ihm der Ausübung seines schweren Berufes oblag. Es war ein weihevoller Augenblick; wir sanken alle in die Knie, es war Gott selbst, der auf uns blickte, der Allerbarmer, der dem Sterbenden den Schritt ins Jenseits erleichtert.

»Ich muß schneller fort«, sagte mein Vater, »ich bin jünger als Hochwürden!«

Wir langten an unserem Ziele an; der Verletzte litt unaussprechlich. Eine kurze Untersuchung genügte meinem Vater, um zu konstatieren, daß menschliche Hilfe hier vergeblich sei.

»Ich muß sterben«, stöhnte der Unglückliche auf seinem Schmerzenslager, »nutzt nichts, Herr Doktor! Ach Gott, der Herr Pfarrer!«

Während wir zur Türe hinaustraten, kam der Ersehnte. Wir warteten draußen auf die Rückkehr des Geistlichen, um gemeinsam den Rückweg anzutreten.

Als derselbe dem Kranken die Sakramente gespendet, kehrte mein Vater nochmals in die Stube zurück; der Verwundete war in der Agonie, doch lag tiefer Friede über seinem Antlitz.

»Er ist mit Gott versöhnt!« sprach der Priester. »Das wird auch seine Leute trösten.«

Und fort ging's wieder in den Wald hinein; der Mantel des Geistlichen war schwer geworden vom Regen und steif vom Frost wie Bein.

Am anderen Tage stand mein Vater am Krankenbette des greisen Priesters, dem sein Beruf eine schwere Verkühlung zugezogen hatte; damals kam er noch davon, jetzt deckt auch ihn schon der Rasen des Friedhofs von Außergefild.

Das ist *eine* Geschichte; ähnliche wiederholen sich mehrere dutzendmal im Jahre. – »In omnibus caritas!« lautet die Devise des Herrn Dr. Herbst. Ich reklamiere sie für unsere Geistlichen.

Siehst du, lieber Leser, das sind Betrachtungen, zu welchen der für immer verschwundene Wächter der Moldauquelle mich veranlaßt hat. Er ist fort, der treue Wächter aus guter alter Zeit, und ein häßlich gnomenhafter Zwerg, voll toller Auswüchse, ist stehengeblieben. Ist das nicht wieder ein Omen? – Das sind die traurigen Erinnerungen; aber auch fröhliche, heitere, aus glücklicher Jugendzeit knüpfen sich an diesen verschwundenen Zeugen hingesunkener Urwaldmajestät. Da war ich ein anderes Mal da – ich war noch ein Jüngling mit lockigem Haar –, und da traf ich eine Gesellschaft von Pragern; Papa mit zwei Töchtern. Wir betrachteten einander zuerst mit erstaunten, neugierigen Blicken. Es war gar so romantisch, dieses Zusammentreffen wildfremder Menschen hier im Schatten des ewigen Waldes, in dieser Einsamkeit, die kaum das Zwitschern eines Vogels unterbrach. Das Bekanntwerden an solchen Orten fällt nicht schwer, selbst wenn der eine Teil steif und geziert ist, was, nebenbei gesagt, hier durchaus nicht der Fall war. Der Papa brachte ein reges Interesse für Natur und Volk mit, und die jungen Damen zwitscherten gar so hübsch wie die lieben Vöglein und stellten so naive Betrachtungen und Vergleiche an, daß einem das Herz im Leibe lachte.

Der Witz, den die eine machte: »Nun wollen wir den Pragern eine gehörige Verlegenheit bereiten; wir verstopfen die Moldauquelle! Die werden schauen, bis kein Wasser mehr kommt, und der Odkolek und der Novotny, die werden ›suchomelové‹ (Trockenmüller)« – dieser Witz ist zwar weder neu noch besonders geistreich, doch der rote Mund, der ihn aussprach, lachte so seelenvergnügt, und die kleine, weiße Hand, die hinabtauchte in das schwarze Wasser, war so hübsch und niedlich, daß ich am liebsten beide gleich geküßt hätte.

Ich erzählte dann den lieben Mädchen so viel von unserer alten Šumava; ich glaube, lieber Leser, es war unvergleichlich schwungvoller und besser erzählt, als ich es in diesem Büchlein zustande gebracht habe. Und dabei wurde ich so sentimental, daß mir fast die Augen übergingen.

Kurz und gut, lieber Leser, der alte Baum wäre fast Zeuge einer Liebeserklärung unter besonders romantischen Umständen geworden, wenn ich nur einen Augenblick allein mit der Schönen gewesen wäre; sie schien mir – ich darf's wohl sagen, ohne geckenhaft zu erscheinen – ganz dazu disponiert, eine solche entgegenzunehmen.

Doch es sollte nicht sein; ich begleitete die Gesellschaft bis Buchwald und trennte mich dort von ihr mit einem Stachel im Herzen. Lange Zeit hörte ich das silberne Lachen und sah im Gedanken die lieben Augen, so blau wie der Septemberhimmel, der auf mein kurzes Glück herabgelacht hatte.

Da war zur selben Zeit jener »Finanzer« glücklicher, der gerade am Tage nach meiner Waldbekanntschaft in Fürstenhut drüben Hochzeit feierte. Der hatte eine

Liebe, und diese seine Liebe liebte ihn auch. Aber wie das schon so zu gehen pflegt, bekam er *sie* nicht, weil man einen Aufseher nicht gerade für eine Partie hielt, die unter allen Umständen begehrenswert und geeignet wäre, eine Familie in all den möglichen Wechselfällen des Lebens zu erhalten. Diese unpoetische Ansicht über die Ehe teilte auch die vorgesetzte Behörde des Verliebten und weigerte sich unbegreiflicherweise, dem diesbezüglichen Petierenden ihren Konsens zu erteilen. Ja, man munkelte davon, daß die herzlose Behörde mit dem Gedanken umgehe, den armen Teufel irgendwohin ins Riesengebirge zu versetzen.

Da ereignete sich etwas, was dem Geschicke des Mannes eine freundlichere Wendung gab.

Der Krummbichler-Sepp aus den bayerischen Waldhäusern war ein ebenso schlauer als verwegener Schwärzer, der es so arg trieb, daß die Finanzbehörde eine Belohnung auf seine Einbringung setzte. Besagter Sepp kannte alle Schleichwege der Grenze und paßte um so besser auf, als ihm nichts daran lag, mit den schwarzen Gefängnismauern von Pisek Bekanntschaft zu machen. Nichtsdestoweniger überraschte ihn einst der unglücklich liebende Finanzer gerade in der Nähe der Moldauquelle. Allein vom Überraschen zum Habhaftwerden war noch ein kleiner Schritt. Sowie Sepp, der eine schwere »Kraxe« trug, sich gefaßt fühlte, griff er in seine Tasche und schleuderte dem pflichteifrigen Finanzer eine Handvoll zerriebenen Tabaks in die Augen. Trotz des furchtbaren Schmerzes ließ der Aufseher den Gesetzesverächter nicht los, warf ihn zu Boden und hielt ihn so lange fest, bis auf sein Pfeifen und Schreien ein in der Nähe patrouillierender Kamerad ihm zu Hilfe kam.

Das Ende war heiter. Der Aufseher machte zwar eine grimmige Augenentzündung durch, erhielt aber die ausgesetzte Belohnung und sogar seine Beförderung. Einige

Monate später ließ sich sogar die herzlose Behörde herbei, ihm die Bewilligung zur Heirat zu erteilen. Ich habe seiner Hochzeit beigewohnt und ihm alles erdenkliche Glück gewünscht; denn er war ein wackerer Mann, und das in jeder Hinsicht.

Ich habe dir versprochen, lieber Leser, daß ich dich in den verstecktesten, menschenleersten Gebieten unseres zentralen Waldgebirges herumführen werde. Ich habe mein Wort gehalten: in ganz Mitteleuropa gibt es keinen so verlassenen Weltwinkel als den, welchen unser eilender Fuß durchschritten hat.

Es war kein lachend Stück Erde, voll romantischer Felsenklüfte und kühner Höhenbildungen, kein Land der lauen Lüfte, wo die Vögel singen und die grünen Matten Herz und Aug erfrischen. Die Alpen sind ungleich großartiger, das Riesengebirge, die Böhmische Schweiz, der Harz und der Thüringer Wald sind pittoresker. Kein Komfort ladet dich freundlich zum Bleiben ein – rauh ist die Natur und einfach die Menschen. Und was einst einzig war in seiner Pracht und Majestät, der endlose Urwald – er ist dahin bis auf wenige Spuren. Am Kubani bei Winterberg allein finden sich noch größere Strecken davon, doch vor mir haben viele ihn beschrieben und geschildert, ich will nicht in fremde Fußtapfen treten.

Aber *eines* hat der Böhmerwald: er wirkt wie ein melancholisches Lied, das mächtig an unser Herz schlägt. Eintönig, ewig gleich liegen Wald und düsteres Moor vor uns und erzählen uns eine Epopöe, die wohl kaum ihresgleichen hat, eine Epopöe von einem untergegangenen und untergehenden Riesengeschlechte, welches die Natur großgezogen und das sie grausam vernichtet hat.

So klingt das Lied, und wenn du ein aufmerksames Ohr hast, hörst du seine Töne, und wenn du zu lesen

Der Schwarze Turm in Klattau

verstehst, so schlägt dir der Boden ein lehrreiches Buch auf, ein Buch mit ungezählten Blättern. Die alten Stämme, die Stümpfe, die den Boden decken, sie alle sind beschrieben mit rissigen Runen; die scheinen geheimnisvoll und sind doch nicht schwer zu deuten.

In Wind und Regen, in Schnee und Sonnenbrand bist du mir treu gefolgt, lieber Leser. Entbehrungen hast du dir auferlegt, über Filz und Fels führte dich deine Bahn; in die Hütten der Niedrigsten bist du eingekehrt, das ernste Ringen der Menschen hast du gesehen, ob auch da und dort ein heiterer Scherz dir ein Lächeln entlockt hat.

Ich will deine Geduld auf keine zu harte Probe stellen: es ist Zeit, daß ich dich herausführe. Wir gehen nach Außergefild, wo du nicht schlecht aufgehoben sein wirst – verhältnismäßig, natürlich.

Durch meist jugendlichen Wald führt eine ganz hübsche Straße von Buchwald dahin, nördlich von dieser in weitem Bogen durch filziges Terrain, stellenweise bereits ganz verwachsen, eine Abzweigung des ehemaligen goldenen Steiges. Ehe die erwähnte Straße ausgebaut war – ich kann mich dessen noch aus meiner Kindheit erinnern –, wurde dieser Steig noch häufig benützt. Was mir damals besonders auffiel, waren tiefe Gruben, häufig voll schwarzen Moorwassers, die rechts und links vom Wege in gewissen Entfernungen davon dem Wanderer entgegengähnten. Die Regelmäßigkeit der Form bekundete, daß nicht die Natur, sondern der Mensch dieselben geschaffen hatte. Es waren in der Tat Gruben, die man zum Fange der Raubtiere errichtet hatte. Noch am Ende des vorigen Jahrhunderts gab es hier Luchse und Bären genug; früher noch, nach dem Siebenjährigen Kriege, hatten sich auch Wölfe in großen Rudeln eingefunden. Der Mensch ist hier der Bestien Herr geworden, aber es gibt noch Leute, die sich namentlich der Bären gar wohl erinnern. Der Schaden, den letztere am Viehstande anrichteten, muß enorm gewesen sein. Wie mir erzählt worden ist, verloren die Außergefilder allein jährlich durch Bären über 100 Stück Rindvieh, Lämmer und Ziegen gar nicht gerechnet. Der letzte Bär im Böhmerwalde wurde im Jahre 1856 in den großen Wäldern des Salnauer Reviers geschossen, wann in der Gegend von Außergefild der letzte fiel, konnte ich nicht in Erfahrung bringen, trotzdem Leute, welche kaum über fünfzig Jahre alt sind, noch viel von diesen Raubtieren zu erzählen wissen. Der alte Holzhauer von Schlösselwald, dessen ich im Verlaufe dieser Skizzen wiederholt gedachte, erzählte mir, daß in seiner Jugend ganze Rudel von Hirschen hier vorkamen, welche im Winter, wenn der klafterhohe Schnee ihnen Not und Sorge brachte, oft ganz nahe an die Wohnungen der Menschen herankamen.

Heutzutage ist das stolze Hochwild vollständig ausgerottet, woran, wie ich glaube, die Wildschützen, die keine Schonzeit kennen, die größte Schuld tragen; von dem erheblichen Schaden, welchen die Tiere den Saaten jedenfalls zufügen, kann in einer Gegend, wo fast gar kein Feldbau mehr getrieben wird, keine Rede sein.

Ja, lieber Leser, wir befinden uns auf dem Hochplateau von Außergefild, wo, weit zerstreut in hölzernen Hütten, etwa 1200 Leute fast ohne allen Ackerbau leben. Nur hie und da, wo die Lage besonders günstig ist, siehst du dann und wann ein Hafer- oder Kartoffelfeld, dessen Ertrag unter allen Umständen höchst problematisch bleibt. Denn oft schon Ende September, wenn der Hafer noch grün ist, wenn die Kartoffel noch blüht, treten Fröste ein, streichen eisige Stürme über das Land hin, hüllen wirbelnde Flocken alles in ein dichtes weißes Kleid. Der Schnee liegt bis zum Mai, und erst im Juni beginnt die Saatzeit. – Auch im Hochsommer ist es selten heiß hier oben, und traurig schlängelt sich die junge Moldau zwischen schwarzem Jungbestand und filzigen Wiesen hindurch; braun ist ihr Wasser und grau die Gneisfelsen, die aus ihr hervorragen.

Außergefild hat mit den anderen Ortschaften des zentralen Böhmerwaldes das gemeinsam, daß es gleich diesen in wirtschaftlichem Niedergange begriffen ist. Wohl treibt noch die Moldau so manche Sägemühle, aber die Stämme werden immer rarer, und die Auswanderer auf Nimmerwiedersehen nehmen immer mehr zu. In früheren Zeiten herrschte ein gewisser Wohlstand, die Holzindustrie, obwohl meist im kleinen betrieben, brachte eine hübsche Summe Geldes herauf, und es blühte hier ein lustiges Leben. Noch halten sich einzelne Unternehmungen, die Zukunft jedoch ist nicht rosig.

Von Außergefild führt eine ganz nette Straße nach Winterberg; du kannst den Postwagen benützen, lieber Leser, und bist in drei Stunden in letztgenannter Stadt, welche dir nach den ausgestandenen Strapazen großartig vorkommen wird mit ihrem Schloß im Kasernenstil und ihren reinlichen, freilich etwas holperigen Gassen. Trinke eine Flasche guten fürstlichen oder städtischen Bieres und gedenke mein!

Nachwort

Karel Klostermanns Familie stammte aus dem Böhmerwald. Die Lebenswege seiner Vorfahren führten mitten durch die sozialen und nationalen Grenzen. Könnten wir sie zurückverfolgen, so erhielten wir Einblick in die Verhältnisse des Vielvölkerstaates Österreich-Ungarn in der langen Periode vom 19. Jahrhundert bis zum ersten Weltkrieg, bis zum Zerfall der brüchigen Monarchie nach der Großen Sozialistischen Oktoberrevolution und dem Entstehen der Tschechoslowakischen Republik. Doch hier können wir uns nur mit den »Böhmerwaldskizzen« befassen, einem Stück Vergangenheit im großen Weltgeschehen.

»Mein Vater«, schrieb Karel Klostermann in seiner Autobiographie, »war der Sohn eines Bauern aus dem Böhmerwald ... Er besuchte das Gymnasium in Klatovy, studierte Philosophie in Prag und Wien, wo er im Jahre 1841 zum Doktor der Medizin promovierte; anschließend ließ er sich als Betriebsarzt in den großen Glasfabriken der Brüder Abele in Debrník im Böhmerwald nieder. Aus dieser Familie stammte meine Mutter, mit der sich mein Vater im Jahre 1844 vermählte; er siedelte nach Haag in Oberösterreich über, wo meine Großmutter, die Mutter meiner Mutter, eine geborene Abeleová, verehelichte Hauerová, ebenfalls eine große Glasfabrik besaß. Dort bin ich im Jahre 1848 geboren, aber schon im darauffolgenden Jahr zogen meine Eltern von dort fort, sie kehrten nach Böhmen zurück, nach Sušice, wo mein Vater bis zum Jahre 1854 als praktischer Arzt wirkte.«

Die wachsende Familie der Klostermanns faßte jedoch auch hier nicht endgültig Fuß. Sie wechselte einige Wirkungsstätten und Wohnorte im Böhmerwald, bis der Vater im Jahre 1862 die Stellung eines Kreisarztes in Kašperské Hory annahm, wo er bis zu seinem Tode 1875 praktizierte.

Der künftige Schriftsteller hatte inzwischen mehrere Ortschaften kennengelernt und eine Reihe von Schulen besucht: Stříbrné Hory, Klatovy, Písek. Nach dem Abitur in der reizvollen tschechischen Stadt Písek an der Otava wanderte er im Jahr 1865 nach Wien. Dort sollte er, dem Wunsch des Vaters entsprechend, Medizin studieren.

Intensiv widmete er sich dem Studium von Sprachen – die Voraussetzungen dafür waren in der Hauptstadt der Vielvölkermonarchie günstig. In seiner Autobiographie rühmte er sich, daß er als Mediziner in Wien »recht gut italienisch, französisch, spanisch, russisch und serbisch« spreche. Er gehörte zu den ersten Mitgliedern des slawischen Studentenvereins »Vltava«.

Auf Wunsch seines Vaters, der sich in finanzieller Not befand, trat er als ältestes von zehn Kindern nach zehn Semestern Medizinstudium die Stelle eines Erziehers im nordböhmischen Žamberk an. Dort nahm sich des jungen Klostermann der berühmte Chirurg Eduard Albert an, ein Kenner der Poesie und Nachdichter, der am Kaiserlichen Hof bekannt war. Um dem hoffnungsvollen Mediziner zu ermöglichen, das Studium in Wien zu beenden, empfahl er ihn als Mitarbeiter der dort erscheinenden protschechischen Tageszeitung »Wanderer«.

Die journalistische Laufbahn Karel Klostermanns wurde jedoch nach einem Jahr durch den Börsenkrach am 28. Mai 1873, der die Wirtschaftskrise ankündigte, unterbrochen. Der »Wanderer« stellte im August desselben Jahres sein Erscheinen ein, inzwischen hatte der Mediziner ohne Abschlußexamen die Arztlaufbahn aufgegeben. Es zog ihn zur Zeitung – und die Zeitungen zeigten Interesse an dem enthusiastischen, gebildeten jungen Mann. Klostermanns journalistische Ambitionen stießen jedoch auf ein anderes Hindernis: Im Jahrzehnt davor hatte sich im österreichischen Vielvölkerstaat, zu dem auch die böhmischen Länder gehörten, der bürgerliche Konstitutionalismus mit einer umfangreichen Selbstverwaltung gegen den bürokratischen Absolutismus durchgesetzt. Die Tschechen kämpften um die Anerkennung ihrer Rechte, doch die Ungarn erlangten den Vorrang und wurden im Jahre 1867 an der Regierungsmacht beteiligt. Der »Ausgleich« mit Ungarn führte zur Bildung der Doppelmonarchie Österreich-Ungarn. In Böhmen löste das eine Welle von Protesten aus. Die Regierung in Wien verfolgte diese Entwicklung in zunehmendem Maße und zerschlug die oppositionelle Bewegung. Damit untergrub sie das Ansehen der Zeitungen in Böhmen, die nun der Chance beraubt waren, den nationalen Befreiungskampf wirkungsvoll zu unterstützen. Die Redakteure der oppositionellen Zeitungen, die jahrelang unzählige Male angeklagt, bestraft und wieder freigesprochen wurden, erhielten von den sogenannten gewählten Schwurgerichten schwere Kerkerstrafen. Das betraf auch den Chefredakteur des »Wanderers«, mit dessen Hilfe Klostermann eine Stelle in der Redaktion des in Prag erscheinenden deutschen Blattes »Politik« bekommen sollte. Einem Mann von integrer Haltung konnte die Arbeit in der Presse unter diesen Umständen keine sichere Existenz bieten.

Und so verzichtete der Fünfundzwanzigjährige auf seinen Wunschtraum, sich als Journalist den Lebensunterhalt zu verdienen. Seine Französischkenntnisse öffneten ihm die Pforten zum Schuldienst: er wurde Supplent an der deutschen Realschule in Plzeň. Die französische Sprache wurde gerade als Pflichtfach in den Realschulen eingeführt, und es gab nicht genügend Sprachlehrer. Als der Hilfslehrer Klostermann nach fünf Jahren die erforderlichen staatlichen Prüfungen ablegte und seine endgültige Anstellung an der Realschule in Plzeň erhielt, berichteten darüber auch die »Národní listy«, die Tageszeitung der Partei der Jungtschechen in Prag. Offensichtlich bestanden Kontakte zwischen Karel Klostermann und den tschechischen Kreisen um diese Zeitung. Bereits als Student in Wien hatte er seinem Vater gegenüber seine Sympathien für die Tschechen zum Ausdruck gebracht. Er erklärte ihm, daß er nicht beabsichtige, das stärkere Element, nämlich das deutsche, zu unterstützen – das hieße Holz in den Wald tragen, er sei den Tschechen gut gesinnt, da sie es als die Schwächeren zu etwas bringen wollten. Seine späteren protschechischen Äußerungen, die er ähnlich motivierte, zogen für ihn als Lehrer einer deutschen Lehranstalt und zugleich als tschechischen Schriftsteller häufig komplizierte und konfliktreiche Folgen nach sich.

Dennoch erhob Klostermann wiederholt seine Stimme für die tschechischen Vereine im Böhmerwald und nahm am tschechischen gesellschaftlichen Leben in Plzeň teil. Oftmals mußte er jedoch einen Auftritt absagen. So beantwortete er am 6. Oktober 1900 eine Aufforderung des Tschechischen Zentralvereins, einen Vortrag zu halten: »Ich bin Lehrer an einer deutschen Lehranstalt, und es würde über mir – wie vor drei Jahren – ein solcher Sturm losbrechen, daß ich lange keine Ruhe finden könnte. Der Abgeordnete Dr. Kurz kann das bezeugen, er weiß, wie mit mir umgesprungen wurde.«

Die Absage eines weiteren Vortrags, um den ihn der

tschechische Verein »Pošumavská jednota« ersucht hatte, begründete er in einem Brief vom 24. April 1904: »Zu Ostern ist durch Plzeň eine Delegation der Pariser Stadtverwaltung gefahren, und der Gesangsverein ›Smetana‹, dessen Mitglied ich bin, hatte mich gebeten, in seinem Namen die Herren, die nach Prag zu einer Festveranstaltung reisten, auf dem Bahnhof feierlich zu begrüßen. Da es sich um eine Angelegenheit ohne politische Bedeutung handelte, entsprach ich dem Wunsch, in der Annahme, niemand könnte mein Verhalten beanstanden. Ich habe mich getäuscht: es kam in die Zeitung, die Deutschen nahmen sich der Sache an und hetzten den Landesschulrat auf mich. Käme hierzu noch der Vortrag in der ›Pošumavská jednota‹, ich weiß nicht, was daraus würde. Unser Direktor, ein in jeder Hinsicht anständiger und gerechter Mann, bat mich, an keinen Veranstaltungen mehr teilzunehmen, da ich auch ihm große Unannehmlichkeiten bereiten würde.«

Wie aus vielen Dokumenten zu ersehen ist, war es Klostermann nicht nur um eine gesicherte Existenz zu tun. Seine Aufgabe als Bürger und Schriftsteller sah er gerade darin, zur Annäherung von Menschen, vor allem aus seinem geliebten Böhmerwald, die verschiedenen Nationalitäten angehörten und verschiedene Sprachen sprachen, beizutragen im Namen des Landes, das sie gemeinsam bewohnten.

Schon im Vorwort zur ersten Ausgabe der »Böhmerwaldskizzen« aus dem Jahre 1890 lehnt er die nationale Intoleranz ab und ruft zum Zusammenleben der Völker auf. Er schreibt von seiner Liebe zu seiner Heimat und seinem Volk: »Ich bin ein treuer Sohn meiner heimatlichen Wälder; ich liebe ihre rauhe Natur und ihr einfaches, biederes Volk mit der ganzen Kraft meiner Seele, und nichts wird imstande sein, dieses Gefühl in mir zu ertöten oder abzuschwächen.« Damals vermied er es bewußt, sich als Deutscher zu erklären, auch wenn er sich mit seinem Erstlingswerk an deutsche Kreise und Leser deutscher Literatur wandte. Später bekannte er sich stets als Tscheche und beteuerte dabei immer, daß er den Deutschen wohlgesinnt sei und nie gegen sie auftreten könnte.

Die Vorzüge einer unvoreingenommenen Zweisprachigkeit zeigten sich in Klostermanns Leben. Die eine Muttersprache – das Deutsche – half ihm in der Jugend, sich eine Existenz zu schaffen und Eingang in die Literatur zu finden, so daß sich um den talentierten Erzähler, der dem tschechischen Element zugeneigt war, tschechische Verleger bemühten. Das Tschechische – seine zweite Muttersprache – machte aus dem Mediziner ohne Abschluß und Französischlehrer an der deutschen Realschule einen ausgezeichneten Feuilletonisten der Zeitschrift »Politik«, einen beliebten tschechischen Romanschriftsteller und Erzähler, der zu Recht der »Dichter des Böhmerwalds« genannt wird.

Die tschechisch geschriebenen, zum Teil didaktisch überladenen Werke des Autors, für einen breiten Leserkreis bestimmt, der sie auch dankbar annahm, wurden in Böhmen populär. Sie berichten von einem tschechischen Böhmerwald, seinem Wesen nach ein untrennbarer Teil des tschechischen Landes. Im Vergleich zu den Erzählungen und Romanen anderer Autoren, die thematisch vorwiegend in Böhmen und Mähren angesiedelt sind, zeichnen sich Klostermanns Werke durch Handlungsreichtum aus, seine Gebirgslandschaften bergen viele Geheimnisse, sie sind schwer zugänglich, es ist ein Landstrich mit vielen unwegsamen Pfaden, wo jeder Spaziergang und die tägliche Beschaffung der Nahrung zu einem Abenteuer und einer großen Leistung werden.

Der Schriftsteller liebte diese bizarre Landschaft, die

den Naturelementen besonders ausgesetzt war, leidenschaftlich. Er kannte jeden Weg aus der Zeit, als er als armer Student von seinen Studienstätten nach Hause ging. Er kannte auch die Dienstwege: Sein Vater besuchte als Arzt tagtäglich seine Kranken, trotz Unwetter und mancher anderer Beschwerlichkeiten. Er kannte auch die Pfade, auf denen er zum eigenen Vergnügen wanderte, wenn er Bekannte und Verwandte besuchte, um ein paar Worte zu wechseln oder um einfach in der Natur zu sein.

Es ist also verständlich, daß Klostermann seinen literarischen Weg mit Reisebeschreibungen begann. Und es ist bezeichnend für den künftigen Romanschriftsteller, daß diese Skizzen bereits als Ganzes aufgefaßt wurden: als eine Wanderung durch den Böhmerwald in einigen Sommertagen. Der Weg begann in Železná Ruda und endete wieder dort. Jener Teil der Reisebeschreibung, den er als sein Erstlingswerk im Selbstverlag in Plzeň im Jahr 1890 unter dem Titel »Böhmerwaldskizzen« herausgab, stellt die Gegend von Železná Ruda vor, das Tal der Vydra (Čenkova Pila und Rejštejn) in Richtung Roklan, den Pürstling mit dem Ausblick nach Bayern – und endete auf dem Plateau von Kvilda.

Klostermann widmete seine Aufmerksamkeit den »menschenleersten Gebieten unseres zentralen Waldgebirges ... in ganz Mitteleuropa gibt es keinen so verlassenen Weltwinkel«. Und er fügt hinzu, daß der Böhmerwald »wie ein melancholisches Lied wirkt, das mächtig an unser Herz schlägt«.

Schon als die »Böhmerwaldskizzen« erschienen, galten sie als eine eigenwillige Reisebeschreibung. Sie waren weniger eine Information für Touristen (und auch die klang manchmal leicht ironisch), als vielmehr ein belletristisches Zeugnis über die Menschen in dieser Gegend. Der Erzähler empfand sich nicht als ein Reisebegleiter, der dem Touristen, der zum erstenmal hierherkommt, ein angenehmes und leichtes Reisen wünscht, effektvolle und schnelle Eindrücke. Im Gegenteil, jeder, der den Böhmerwald auf die Schnelle »absolvieren« möchte, mit aller Prager Bequemlichkeit, bürgerlich konventionell, in normaler Kleidung, nichtssagenden Gesprächen, wird in dem Buch verspottet. Der Autor wendet sich an denjenigen, den schwierige Wege locken, der mit Unbequemlichkeiten und Unwetter fertig wird, denn nur solch ein Wanderer sieht die Gebirgslandschaft, wie sie wirklich ist: das Land der Sümpfe und Moore, endloser Regenfälle und Schneestürme, das Land der zähen, geduldigen und mutigen Menschen, die außer Plackerei und Selbstverleugnung auch das Vergnügen, ausgelassene Spiele kennen.

Seinerzeit meinte Jean Paul, daß auch ein Reisetagebuch oder ein Roman einen »Helden« benötige. Der »Held« der »Böhmerwaldskizzen« gibt sich nicht introvertiert, ist aber auch nicht nur eine »Kamera«. Er verhält sich wie ein Mensch, der Besucher durch die Landschaft seiner Jugend führt. Ein wichtiger Bestandteil seiner Reiseskizzen sind persönliche Erinnerungen und Bekenntnisse. Das »Autobiographische« verleiht dem Zyklus eine besondere Glaubwürdigkeit. Im Vorwort erachtete es Klostermann als notwendig, die Subjektivität seiner Schilderung einzugestehen und sie zu verteidigen: »Betrachten wir denn nicht alle die reale Welt durch die Gläser unseres individuellen Temperamentes und unserer jeweiligen Stimmung?«

Der Informationswert der »Böhmerwaldskizzen« trat mit dem zeitlichen Abstand zugunsten der literarischen Wirkung zurück. Die Hinweise, wo der Tourist ein bequemes Nachtlager findet, wo er gut essen und angenehm sitzen kann, welchen Weg er wählen und welchen er lieber meiden und welchem schönen Ausblick er den

Vorrang geben soll, sind für den heutigen Leser ohne großen praktischen Wert, sie wirken amüsant und entbehren nicht eines gewissen Reizes. Sie erinnern an die Ratschläge einer Großmutter, nach denen man sich nicht richten kann, weil sich die Welt inzwischen so verändert hat, daß man sie nicht wiedererkennt, aber man hört ihr gerne wegen ihrer altmodischen Biederkeit zu. Und andererseits bedauert Klostermann so manches Mal, daß der Böhmerwald in seiner Jugend reicher und besser erhalten war; die Klagen des Erzählers über die durch Naturkatastrophen und den Menschen bedrohte Natur in einer fast hundert Jahre alten Reisebeschreibung erfüllen uns mit Schrecken. Wir empfinden sie auch heute als Appell an unser Verantwortungsgefühl gegenüber unserer heimatlichen Landschaft.

Karel Klostermann bekannte sich schon zu Beginn seines Schaffens zum Realismus. Entsprechend dieser Methode und der Prinzipien des Genres der Reiseliteratur basieren seine »Böhmerwaldskizzen« ausschließlich auf eigenen Erfahrungen: was er gesehen, erlebt und von anderen an Ort und Stelle gehört hat. Zweifellos kannte er die Gegend und die Menschen, von denen er erzählt, sehr gut. In seiner Autobiographie schreibt er: »Von meinem zehnten Lebensjahr an verbrachte ich den größten Teil meiner Ferien bei meinen Verwandten, der Schwester meines Vaters und seinen Brüdern, auch bei deren Söhnen und Töchtern, die verstreut in dem weiten Gebiet um Rehberg lebten, und das bis zum Ende meiner akademischen Studien, das heißt von 1857 bis 1870. Am meisten fühlte ich mich zu der erwähnten Tante hingezogen, einer verehelichten Schulhauserová in Horní Schlösselwald.

Mein größtes Vergnügen war es, mit den Viehherden mitzuziehen, die den ganzen Sommer über in den fürstlichen Wäldern weideten und von besonderen Hirten bewacht wurden. Zu einer Herde gehörten 800 bis 1200 Tiere, vorwiegend Jungtiere, Ochsen, Färsen und Stiere; gewöhnlich entfielen auf einen Hirten, der eine Goldmünze pro Stück und Saison erhielt, 100 Stück Vieh. Ich schloß mich den Hirten an, die oft meinen Verwandten ähnlich waren, ich lebte einige Wochen mit ihnen auf ihre Art, gewöhnlich so lange, wie die Schuhe in den unendlich feuchten Wäldern und Sümpfen hielten, ich aß und schlief mit ihnen in den Blockhütten. So habe ich das Leben dieser Menschen und ihre Anschauungen gründlich kennengelernt und drang in alle Geheimnisse des Waldes und der Sümpfe zu einer Zeit ein, da weite Flächen noch von dem Urwald bedeckt waren, in dessen Tiefen mit Ausnahme der Hirten und Förster kaum jemand geriet. – Auch später, als ich schon Lehrer war, verlebte ich fast alle Ferien in Rehberg, Dolní Rejštejn oder nicht weit von Kašperské Hory und streifte durch die Wälder.«

Das künstlerische Niveau und die gesellschaftliche Resonanz erreichte Klostermanns Reisebeschreibung dank der jahrhundertealten literarischen Tradition, an der er geschult war. Die Reisebeschreibung, ein seit langem beliebtes und gepflegtes Genre, fand im 19. Jahrhundert bei Lesern und bei Autoren ein wachsendes Interesse. Als sich durch die neuen Verkehrsmittel die Entfernungen verringerten, als die Ideologie bürgerlich-demokratischer Revolutionen den Gedanken einer Annäherung der Völker stärker akzentuierte, als zur Zeit der industriellen Revolution das Bedürfnis der Länder zunahm, miteinander zu kommunizieren, als mehr Zeitungen und Zeitschriften erschienen und sich Unruhe und Ungewißheit bei den Menschen wegen der wachsenden Städte und Großstädte verstärkten, als die Zahl der Vertriebenen und Verbannten aus politischen Gründen und auch aus Not zunahm – da gab es auch mehr Reisebeschreibungen.

Welche Bedeutung die Reisebeschreibung für die Entwicklung der Literatur und ihren gesellschaftlichen Stellenwert hatte, wird allein dadurch sichtbar, daß viele namhafte Autoren dieses Genre gepflegt haben so wie Goethe, Heine, Stendhal oder Neruda und Havlíček. Jeder von ihnen hat durch seinen Beitrag die Reiseliteratur bereichert, von dem Gewinn für die eigene künstlerische Selbstverständigung und von der Beliebtheit bei den Lesern ganz zu schweigen.

Neben dem Interesse für das Ausland, für abgelegene und exotische Welten, für Länder mit einer reichen kulturellen Tradition gab es auch die Reiseerzählung über regionale Gebiete. Die Skizzen und Bilder, die bestimmten Gegenden gewidmet waren, sollten deren Eigenart, die durch die fortschreitende Nivellierung bedroht war, dokumentarisch festhalten und in den Mittelpunkt des Interesses der gesamten Gesellschaft rücken. In Böhmen knüpfte vor allem die Prosa des ausgehenden 19. Jahrhunderts an das bahnbrechende Werk von Božena Němcová an (Bilder aus der Umgebung von Domažlice, 1845). Zu der Vielzahl der literarischen und tatsächlichen Wanderungen durch die tschechischen Landstriche (und die Slowakei) trug auch Jan Neruda mit seinen späten Reisefeuilletons bei, der in den sechziger und siebziger Jahren durch seine »Bilder aus der Fremde« berühmt geworden war, ein Vorkämpfer des modernen Realismus.

Ähnlich gelagert sind Klostermanns »Böhmerwaldskizzen«, weil der Erzähler aus einer ihm vertrauten Gegend stammt und er außerdem die Welt kennt. Er beurteilt also die Landschaft, die Einheimischen und die Touristen von einer höheren Warte aus. Er erlaubt sich Spott, Pathos, ein Lächeln und Spaß – und das alles in einer bunten, kontrastreichen Folge.

Ein Autor mit künstlerischer Verantwortung kann die literarische Tradition der Gegend, die er beschreibt, nicht verleugnen. Über den Böhmerwald gab es in tschechischer Sprache vorwiegend Poesie (Adolf Heyduk, Eliška Krásnohorská), in deutscher Sprache dagegen mannigfaltigere und differenziertere Publikationen. Von den jüngeren Zeitgenossen Klostermanns setzte sich als führender Autor des Böhmerwaldes Johann Peter durch, von den älteren erreichte Andreas Hartauer eine beachtliche Popularität. Das bedeutsamste Buch stammte von Josef Rank (Aus dem Böhmerwalde, 1843), und aus derselben Zeit sind die Erzählungen von Adalbert Stifter, dem größten Dichter des Böhmerwalds in deutscher Sprache. Es ist wahrscheinlich kein Zufall, daß alle Pfade in Klostermanns »Böhmerwaldskizzen« und auch in den weiteren Reisebildern aus dem Böhmerwald an den Grenzen jenes Gebiets enden, in dem Stifter geboren wurde und über das er schrieb – an der Moldauquelle.

Und doch denken wir bei der Lektüre der »Böhmerwaldskizzen« an Stifters Novellen. Des öfteren erinnert eine Begebenheit an Motive aus seinem Erzählwerk. So wird im 9. Kapitel von Klostermanns Reiseskizzen über eine Wanderung von Wien bis in den heimatlichen Böhmerwald erzählt; es waren einige Stunden Fußmarsch. Ein Kraftmensch mit dem Äußeren eines Hünen nimmt sich zweier Studenten mit schweren Rucksäcken an, die durch den Märzregen erschöpft waren. Er führt sie auf eigenen Pfaden (mit Unterbrechungen in Wirtshäusern), wobei er ohne Unterlaß erzählt, wo er sich mit wem geprügelt hat, und sich so als eine Mischung aus drohender Kraftmeierei und Gutmütigkeit darstellt. Erst als sie mit Hilfe ihres sonderbaren Begleiters den schwersten Wegabschnitt geschafft haben, erfahren die Studenten, daß »der großmütige Helfer in unserer Not der berüchtigtste Schwärzer, Wilddieb und Raufer im ganzen Wald gewesen sei«.

Eine anstrengende Wanderung durch einen tiefen unbekannten Wald wird auch in Stifters Novelle »Der Hochwald« beschrieben. Zwei zarte Mädchen sollten in einem am Seeufer verborgenen Haus das Ende des Krieges abwarten, der ihr Haus bedrohte, die Burg von Friedberg. Bei Stifter war der Begleiter auf dieser schwierigen Wanderung ein Mann, der sehr seltsam aussah, »ein Kleinod der Wüste« und »eine Stimme der Wüste« genannt, ein Lob, dem er voll gerecht wurde. Die zwei letzten Absätze in Stifters Novelle erinnern an Gregor als einen schweigsamen Wächter des Hochwaldes, wenn nicht sogar als seinen Schutzgeist oder ein Symbol.

Die Erzählperspektive ist bei Stifter mythisch, er betet den »Hochwald« an und die reinen Herzen; der majestätische Begleiter wurde romantisch idealisiert. Demgegenüber wird der Begleiter in Klostermanns »Böhmerwaldskizzen« in der für eine realistische Skizze charakteristischen Art geschildert: mal taucht er an einem Wegabschnitt auf, mal verschwindet er, aber trotz dieses Episodenhaften (obwohl es sich um eine Erinnerung aus der Vergangenheit handelt) wird er unter verschiedenen Aspekten betrachtet. Das Porträt auf einer kleinen Fläche, voller Leben und Dynamik und mit einer überraschenden Pointe, zeigt, daß Klostermann ein Meister der realistischen Skizze war und daß diese kleine Form zum Ausgangspunkt für seine späteren Romane, Erzählungen und Novellen wurde.

Handelte es sich bei der Beziehung zu Stifter nun um eine wissentliche oder unwillkürliche Anlehnung? Darauf kennen wir bisher keine Antwort. Eines jedoch ist gewiß: schon die Wahl des Feuilletons oder der Reiseskizze zeugt von dem Willen, einen eigenen Weg zu gehen. Und umgekehrt: Ein Feuilletonist, der sich von dem größten Schilderer des Böhmerwalds inspirieren ließ, einem Erzähler, der schon Božena Němcová begeistert hatte und dank ihr in das tschechische Kulturbewußtsein Eingang fand, bewies viel Mut zu künstlerischem Neuerertum. Vielleicht wurde Klostermanns eigenwillige Reisebeschreibung über den Böhmerwald auch vor allem dank der Saat Stifters von tschechischer Seite mit besonderer Aufmerksamkeit aufgenommen.

In den Böhmerwaldskizzen tritt Klostermanns starkes soziales Empfinden hervor, sein unsentimentaler Blick für die Armen, seine Hochachtung vor jedem Menschen, gleich welcher Herkunft. Das führte bei ihm dazu, die Klassendifferenzierung in der damaligen Gesellschaft nicht klar zu sehen, was sich aus seinem persönlichen Erfahrungsbereich (die erwähnten verwandtschaftlichen Beziehungen, der Vater war Arzt bei dem Fürsten), aus der traditionell bedeutenden Rolle der Kultur, aus den patriarchalischen Verhältnissen und aus der verlangsamten Entwicklung des Kapitalismus in Südböhmen ergab. Als in den Jahren 1885/86 in der Zeitschrift »Politik« der Feuilletonzyklus »Heiteres und Trauriges aus dem Böhmerwalde« mit der verschlüsselten Unterschrift Faustin erschien, sollen sich die Leute gefragt haben: »Wer ist das, der so schön deutsch schreibt und tschechisch empfindet, ist das das Wunder eines gerechten deutschen Schriftstellers oder eines des Deutschen ungewöhnlich mächtigen und schreibenden Tschechen?« Nur eines war gewiß, erinnerte sich später Klostermanns Biograph, Übersetzer und Herausgeber Max Regal: »...daß der geheimnisvolle Schriftsteller aus dem Böhmerwald stammte«.

Die »Böhmerwaldskizzen«, das erste und einzige in deutscher Sprache herausgegebene Buch, das der Autor aus jenen Feuilletons zusammengestellt hatte, verrieten, wo der geheimnisvolle Schriftsteller zu suchen war. Der Umstand, daß er sein Erstlingswerk im Selbstverlag herausgegeben hatte, deutete darauf hin, daß dieser ausgezeichnete Erzähler und Kenner des Böhmerwaldes nicht gerade auf Rosen gebettet war. Karel Klostermann nahm die Angebote der tschechischen Zeitschriften und Verleger an; vielleicht um so lieber, da sie von ihm Erzählungen und Romane für den Leser aus dem Volk erwarteten. Er gab deshalb den Wünschen der Verleger nach, die ihre Vorstellungen, was moralisch, gesund und erzieherisch ist und was nicht, zur Geltung brachten. Die positive Aufnahme seines zweiten (und besten) Romans, »Aus der Welt der Waldeinsamkeit« (1894), bestärkte Klostermann in seinem Vorhaben, für die Tschechen einen Romanzyklus aus dem Böhmerwald zu schreiben, zu einem Entdecker und Bahnbrecher zu werden, in jedem Fall aber zu einem äußerst populären Autor (Im Böhmerwaldparadies, 1893; Dem Glück nach, 1895; Nebel über den Sümpfen, 1909). Zu Beginn des 20. Jahrhunderts widmete der Autor der Erzählung und der Novelle verstärkte Aufmerksamkeit; in den besten seiner zahlreichen Erzählungsbände gibt es Geschichten, die heute noch Bewunderung erregen.

Zu einem beliebten tschechischen Autor geworden, schrieb Klostermann auch weiterhin gelegentlich für in Böhmen erscheinende deutsche Zeitungen. Das Buch mit den Feuilletons und Skizzen hat indes weder er noch jemand anders in deutscher Sprache wieder verlegt. Der Feuilletonzyklus, aus dem seinerzeit die »Böhmerwaldskizzen« hervorgegangen waren, ist in tschechischer Sprache erst nach Klostermanns Tod erschienen (1923). Max Regal fertigte die Übersetzung an und gab sie 1936 in Plzeň unter dem Titel »Aus dem Böhmerwald und seiner Umgebung« heraus. Die tschechische Ausgabe schließt mit folgendem Bekenntnis von Klostermann: »Ich stamme aus dem hohen Böhmerwald, aus einer deutschen Gemeinde, keiner germanisierten ... ich liebe das teure heimatliche Land, das Volk, die Sitten und die Sprache. Denken und Eigenart dieses Volkes sind auch mir eigen ... Ich sehe nicht ein, warum ein Deutscher das deutsche Volk nur lieben soll, wenn es seinen slawischen Nachbarn haßt und unterschätzt, mit dem ihn eine tausendjährige Geschichte verbindet, Blutsbande, gemeinsame materielle Interessen, dieselben Begriffe von Recht und Ehre, alles, was das Wesen der teuren Heimat ausmacht ... die Liebe zu meinem deutschen Volk hindert mich nicht, meinen slawischen Mitbrüdern und Landsleuten die gleiche Freundschaft entgegenzubringen und ihnen in jeder Hinsicht alles Gute zu wünschen.«

Klostermanns »Böhmerwaldskizzen« sollten zum Kennenlernen und zum beiderseitigen Verstehen beitragen – und das nicht nur im Böhmerwald. Sie vermögen es fast hundert Jahre nach der Erstveröffentlichung, diesem Ziel zu dienen. Ihr Autor war in der Tat ein kluger und weitsehender Mann – und dazu ein guter Erzähler.

Jaroslava Janáčková

Verzeichnis der wichtigsten Ortsnamen

Angeltal	Údolí Úhlavy
Antigel	Antigl
Außergefield	Kvilda
Bergreichenstein	Kašperské Hory
Böhmerwald	Šumava
Brennter Berg	Spálená hora
Buchwald	Bučiny
Dürrer Berg	Suchá hora
Eisenstein	Železná Ruda
Eisenstraß	Hojsova Stráž
Ferchenhaid	Knížecí Pláně
Großhaid	Velký Bor
Gutwasser	Dobrá Voda
Hammern	Hamry
Haneßberg	Tetřev
Hartmanitz	Hartmanice
Hirschenstein	Jelenov
Hohenfurt	Vyšší Brod
Horazdowitz	Horažďovice
Hurkental	Planina Hůrky
Josefstadt	Josefov
Kießlinger	Křemelná
Kinitz-Tetau	Vchynice Tetov
Klattau	Klatovy
Klostermühle	Klášterský Mlýn
Kubani	Boubín
Kühnisch Heidl	Zhůří
Kuschwarda	Strážný
Langendorf	Dlouhá Ves
Mader	Modrava
Mittagsberg	Poledník

Moldau	Vltava
Neuerner	Nýrsko
Pisek	Písek
Plattenhausen	Stolová hora
Postberg	Stráž
Prachatitz	Prachatice
Pürstling	Březník
Rehberg	Srní
Schachtelei	Povydří
Schlösselberg	Hradecký vrch
Schlösselwald	Hrádecký les
Schüttenhofen	Sušice
Schwarzberg	Černá hora
Schwarzer See	Černé jezero
Seewand	Jezerní stěna
Seewiesen	Javorná
Spitzberg	Špičák
Stachau	Stachy
Stadler Anteil	Stodůlky
Stillseifenbach	Hradský potok
St. Katarina	Sv. Kateřina
Strakonitz	Strakonice
Stubenbach	Prášily
Teufelssee	Čertovo jezero
Unterreichenstein	Rejštejn
Wallern	Volary
Winterbergisch	Vimperk
Wotawa	Otava
Wydra	Vydra
Zdikau	Zdikov
Ziegenruck	Kozí hřbety

Verzeichnis der Abbildungen

Seite 2
Karel Klostermann

Seite 9
Blick auf Eisenstein

Seite 13
Auf dem Spitzberg

Seite 25
Teufelssee

Seite 41
Schwarzer See

Seite 53
Klattau

Seite 63
Katen in Eisenstein

Seite 69
Blick auf den Böhmerwald

Seite 79
Mader

Seite 83
Aus dem Böhmerwald

Seite 91
Unterreichenstein

Seite 99
Blick ins Wotawatal

Seite 107
Winterbergisch. Burg und Stadt

Seite 113
Urwald in Kubani

Seite 129
Straße in Winterbergisch

Seite 147
Horazdowitz

Seite 155
Strakonitz

Seite 165
Bauernhof im Böhmerwald

Seite 171
Schloß von Strakonitz

Seite 181
Der Böhmerwald im Winter

Seite 189
Prachatitz

Seite 199
Das Rathaus in Prachatitz

Seite 213
Straße in Prachatitz

Seite 223
Der Schwarze Turm in Klattau

Vorsatz vorn
Schüttenhofen

Vorsatz hinten
Verwüsteter Berghang

Die Abbildungen wurden dem Band Čechy, Šumava, Prag [o. J.], entnommen.
Die Reproduktionen wurden von Dietmar Riemann, Berlin, angefertigt.

Inhalt

Erstes Kapitel 5

Allgemeines – Eisenstein – Hartmanitz – Stubenbach und die Renommisten – Eine Wilderergeschichte

Zweites Kapitel 35

Die künischen Freibauern – Rehberg – Gasbeleuchtung und Soldatenpresse

Drittes Kapitel 49

Der Borkenkäfer und die »Käferzeit« – Die Schachtelei – Ein Spaß – Annamirls Größenwahn – Schnee und Pest – Die Vincenzsäge und Unterreichenstein

Viertes Kapitel 75

Aberglauben – Kinitz-Tetau und Mader – Sommergäste im Wald – Urwaldreste – Der alte Holzhauer und seine Erlebnisse

Fünftes Kapitel 101

Das Rachelhaus – Eine Heiratsvermittlung – Damen am Rachel – Verirrte Holzhauer

Sechstes Kapitel 121

Das Waldvieh und seine Feinde – Grenzkrieg – Eine Epopöe von 1809

Siebentes Kapitel 143

   Der Ameisenjäger – Der Rachelsee – Die Übeltäter von Babylon und ihre Strafe – Ein Leichenfeld – Der Oktobersturm von 1870

Achtes Kapitel. 161

   Therapeutisches – Die »Finanzer« – Der Lusen – Pürstling – Verlassene Kolonien

Neuntes Kapitel 185

   Vom Lusen nach Buchwald – Wald- und Filzszenerie – Das Rauchfleisch der Bauern – Der geächtete Rothschild – Waldbayerntypen – Der Herr Bezirkschirurgus

Zehntes Kapitel 209

   Buchwald – Die Moldauquelle – Der Geistliche und der Doktor – Außergefild

Nachwort 228

Verzeichnis der wichtigsten Ortsnamen 244

Verzeichnis der Abbildungen 246

Mit 23 zeitgenössischen Illustrationen von
Karel Liebscher und einem Frontispiz

ISBN 3-352-00111-1

1. Auflage 1987
Alle Rechte an dieser Ausgabe Rütten & Loening, Berlin
Gesamtgestaltung Eveline und Peter Cange
Lichtsatz INTERDRUCK Graphischer Großbetrieb Leipzig –
III/18/97
Druck und Binden LVZ-Druckerei »Hermann Duncker«,
Leipzig III/18/138
Printed in the German Democratic Republic
Lizenznummer 220. 415/50/87
Bestellnummer 618 4271
00820